KB220654

미국 영재들의 글쓰기 비법

How to Write a 5-Paragraph Essay Step-by-Step
Copyrights © 2023 by Jay Matthews

All rights reserved.
No part of this book may be used or reproduced in any manner whatever without written permission except in the case of brief quotations embodied in critical articles or reviews.

Korean Translation Copyright © 2024 by Uknowbooks Korean edition is published by arrangement with Ethan Ellenberg Agency, through BC Agency, Seoul.

이 책의 한국어판 저작권은 BC에이전시를 통해 저작권자와 독점계약한 유노북스에 있습니다.
저작권법에 의해 보호를 받는 저작물이므로 무단 전재와 복제를 금합니다.

한 문장이 다섯 문단이 되는 기적

미국 영재들의 글쓰기 비법

인쇄일 2024년 10월 4일
발행일 2024년 10월 11일

지은이 제이 매튜스
옮긴이 장민주
펴낸이 유경민 노종한
책임편집 권순범
기획편집 유노라이프 권순범 구혜진 **유노북스** 이현정 조혜진 권혜지 정현석 **유노책주** 김세민 이지윤
기획마케팅 1팀 우현권 이상운 **2팀** 이선영 김승혜 최예은
디자인 남다희 홍진기 허정수
기획관리 차은영
펴낸곳 유노콘텐츠그룹 주식회사
법인등록번호 110111-8138128
주소 서울시 마포구 월드컵로20길 5, 4층
전화 02-323-7763 **팩스** 02-323-7764 **이메일** info@uknowbooks.com

ISBN 979-11-94357-00-1 (13800)

• ─ 책값은 책 뒤표지에 있습니다.
• ─ 잘못된 책은 구입한 곳에서 환불 또는 교환하실 수 있습니다.
• ─ 유노북스, 유노라이프, 유노책주는 유노콘텐츠그룹의 출판 브랜드입니다.

한 문장이 다섯 문단이 되는 기적

★ 미국 ★
영재들의
글쓰기 비법

제이 매튜스 지음 | 장민주 옮김

SINCE 2014

유노
라이프
LIFE

아이를 진짜 미래형 인간으로 키우고 싶다면

박영민
한국과학영재학교 교사, 교육학 박사

누구나 인공지능 서비스를 쉽게 이용할 수 있는 시대를 우리는 살고 있습니다. 생성형 인공지능 서비스는 멋진 단어로 빼곡한 한 편의 글을 뚝딱 만들어 주지요. 어떤 사람들은 인공지능이 인간의 글쓰기를 대체할 것이라고도 합니다. 알고리즘이 뉴스 기사를 작성하는 일은 이미 오래되기도 했습니다. 이런 시대에 인간의 글쓰기 책을 출판하다니요! 'AI와 협업하는 방법', '단 돈 ○○원으로 해결하는 글쓰기', '이런 지시문(프롬프트)만 있으면 글쓰기 다 해결된다' 같은 책이 빼곡한 서점 서가에 "자, 한 단어 한 단어 이렇게 써 봅시다."라고 설명하고 설득하는 이 책을 꽂겠다고요? 출판사 유노라이프의 이런 용기에 응원의 박수를 보냅니다.

생성형 인공지능으로 만들어지는 데이터의 양은 '기하급수적'이라는 단어가 딱 들어맞을 정도로 급속도로 늘어나고 있습니다. 2025년에는 약 180제타바이트가 생성될 것으로 예상되는데, 2010년엔 2제타바이트 정도가 만들어졌다고 하니 10여 년 만에 90배나 늘어나는 셈이지요(Statista, 2024). 물론 이 데이터에는 글뿐만 아니라 그림, 음악, 영상 등 다양한 미디어를 포함하고 있습니다. 요즘 인공지능은 심지어 영화까지 만들어 내고 있으니까요.

인공지능 시대를 대비해 교육계에서는 인공지능과 협업하는 인간을 미래 교육의 목표로 삼는다고 합니다. 인공지능에게 일을 맡기는 지시문을 잘 작성하기 위한 '질문' 작성 교육에 힘을 쏟겠다고 하고요. 인공지능을 보다 효율적으로 활용해 보자는 것이겠지요. 그런데 좋은 '질문'을 만드는 방법에 골몰하고 지시문만 잘 만들면, 인공지능이 생성한 결과물을 공부와 일에 활용할 줄만 알면 '미래형 인간'일까요?

글쓰기는 단순히 정보 전달 이상의 의미를 지닙니다. 교육 현장에서는 글쓰기 활동을 통해 학생이 자기를 표현하고 정체성을 형성하는 것을 도울 수 있습니다. 자기 삶을 글로 표현하게 하는 활동은 다른 사람과 소통하는 역량을 기르기에도 아주 좋습니다. 이런 글쓰기 활동의 혜택을 그동안 공교육에서 누리진 못한 듯합니다. 적어도 수능 시험의 영향력이 지대한 중등 교실에서는, 되도록 많은 지식을 전달하고 그중에서 시험 문제가 될 법한 중요한 지식을 잘 기억하게 하는 수업을 흔하게 볼 수 있었습니다.

그런데 이제 갑자기 교육의 방향이 바뀐 듯합니다. 지시문을 만드는 요령을 익혀 인공지능을 잘 활용하는 사용자를 만드는 것으로요. 글쓰기의 중요성을 인식한 것 같지만, 여전히 진짜 '글쓰기' 활동을 교육의 중심에 두지 않고 있습니다. 학생들이 생각하고 관계 맺고 소통하는 경험은 지시문을 위한 질문 쓰기가 아닌, 진짜 자기 목소리를 담은 글쓰기 활동을 통해 이루어집니다. 글쓰기 활동의 가치와 방법을 알려 주는 이 책의 소중함이 여기에 있습니다.

논리적인 글쓰기의 핵심은 문단

어떤 선생님이 학생의 성장을 위해 글쓰기를 수업 활동으로 삼겠다고 결심하더라도, 실천하기는 그리 쉽지 않습니다. 오늘의 선생님들 역시 글쓰기 활동이 거의 없던 교육 과정으로 배우며 어른이 되었기 때문이지요. 우리나라 주요 대학교에서는 2000년대에 들어서야 비로소 글쓰기 교육을 필수적으로 하는 움직임이 생겼습니다(신선경, 2005). 10

여 년이 지나 각 대학교에 교양 교육을 담당하는 전담기구가 설치되면서 글쓰기 교육에 대한 관심이 더 커지게 되었고(허재영, 2012) 현재는 대다수 대학교에서 글쓰기가 교양 필수 과목으로 운영되고 있습니다.

그러나 여전히 많은 분들이, 체계적인 글쓰기 교육 과정을 마련해야 하며 전문성을 갖춘 교수들이 글쓰기를 담당해야 한다고 지적하고 있습니다(김현정, 2020). 특히 중요한 것은 학생들이 실제로 글을 써 보는 경험과 더불어, 구체적인 피드백을 받아 자신의 글을 수정하고 발전시키는 기회를 충분히 가져야 한다는 점입니다(김형성, 2023). 이런 과정은 단순히 글쓰기의 향상에 그치지 않고, 비판적 사고와 창의적 사고를 함양하는 데 큰 도움이 됩니다(곽수범, 2020). 글을 쓰면서 우리는 생각을 논리적으로 배열하고 연결할 수 있으며, 주장이나 주제의 타당성을 검토하고 근거를 제시하는 힘을 기를 수 있으니까요. 그 과정에서 복잡한 문제를 여러 관점에서 접근하고 분석해서 여러 가지 가능성과 대안을 탐색하는 능력을 키워 나가기도 합니다.

이런 글쓰기에서 핵심은 '문단'입니다. 문단은 글을 그저 시각적으로 나누기 위해 들여쓰기로 표시하는 장치에 그치지 않습니다. 하나의 글이 하나의 독립적인 주제나 주장을 전달하는 것처럼, 각 문단도 하나의 독립적인 생각을 담습니다. 하나의 글에 포함된 여러 문단은 각각 중심 주제와 긴밀한 관계를 가지면서도, 문단과 문단끼리 서로 밀접하고 논리적으로 연결되어 있어야 합니다. 처음의 주제나 주장에서 출발해 다양한 방향으로 뻗어 나갔다가, 결국 다시 주제의 중심으로 모여 탄탄하게 마무리됩니다. 마치 하나의 생명체처럼 글이 처음부터 끝까지 긴밀하게 연결된 채 성장하고 발전한 후, 완성된 형태를 갖추게 되는 것입니다.

그런데 우리나라 중등 교육은 문단을 가르치는 글쓰기 활동에 상대적으로 소홀했습니다. 대학 입시를 위해 선다형이나 단답형을 포함한 객관식 문항으로 학생들의 지식을 측정하는 데 익숙했지요. 이런 교육 환경에서 학생들은 자신의 생각을 논리적으로 확장했다가 모아 보기도 하는 기회를 충분히 갖지 못했습니다. 대학교에 진학한 후 글쓰기를 접하면 낯설고 어렵게 느껴질 수밖에요.

단순하지만 강력한 방법

이 책에서 소개하는 '다섯 문단 글쓰기'는 미국 중등교육 현장에서는 아주 전형적인 글쓰기입니다. 이 글쓰기는 문단을 기준으로 해서, 서론과 결론을 각각 한 문단, 글쓴 이의 주제나 주장을 뒷받침하는 본론을 세 문단으로 작성하는 글쓰기 방법입니다. 기본적인 글쓰기 기술을 익힌 초등학교를 지나, 중등학교에 진학한 후에는 다섯 문단이라는 틀에 맞추어 글의 구조를 만드는 법을 익히는 것이지요.

서론에서는 글쓴이의 주장을 제시하되, 독자의 관심을 유도하기 위한 수사적 장치(hook)를 보통 첫 문장에 둡니다. 주장을 명확히 적고 근거나 이유 세 가지를 간단히 기술하면서 서론을 마무리합니다. 이어지는 본론은 서론에서 간단히 언급한 세 가지 사항을 하나씩 상세하게 서술하는 역할을 합니다. 본론의 각 문단에서 글쓴이는 예를 들거나 증거를 들어 좀 더 구체적으로 설명합니다. 마지막인 결론 문단에서는 다시 처음으로 되돌아가 주장을 반복해서 서술하되, 본론을 요약하며 주장을 강조합니다.

어떤가요? 매우 단순하고 쉬워 보이지 않나요? 이렇게 정해진 공식 같은 틀을 따르면 되는데도, 제가 가르쳤던 많은 고등학생들과 대학생, 대학원생들은 여러 가지 실수를 하곤 합니다. 예를 들면, 주제를 뒷받침하기 위해 제시한 근거들이 서로 성글게 관련있다거나, 새롭고 중요한 정보를 결론 문단에서 갑자기 덧붙여 급히 마무리하려고 하는 글쓰기가 많습니다. 이런 실수는 실제 쓰기를 통해 직접 겪어 보고 고쳐 보아야 하고, 그런 활동에는 선생님과 전문가의 피드백이 절실히 필요합니다.

미국의 대학교 입학 시험인 SAT에 포함된 글쓰기 과제는 주어진 글을 읽고 분석해 자신의 생각을 50분 안에 작성해야 하는데, 보통 이 다섯 문단 글쓰기의 포맷을 따릅니다. 그렇다 보니 이 글쓰기가 미국 중등 교육에서 기본적인 글쓰기 훈련 방식으로 자리 잡을 수밖에 없었어요. 대학교 등 고등 교육으로 진학한 후에는 다섯 문단 글쓰기가 보다 복잡한 글쓰기(논문 등)에 자리를 내주어야 하지만, 그런 복잡한 글쓰기로 진입하기 위한 발판의 역할을 맡기도 합니다. 대학원에 진학할 때 활용되는 시험, 예를 들어 GRE의 글쓰기 과제에서 좋은 점수를 받기 위해서도 다섯 문단 글쓰기 연습이 유용합니다.

이처럼 다섯 문단 글쓰기가 여러 가지 시험에 쓰이는 이유는, 이 글쓰기를 이용하면 한정된 시간 안에 자신의 생각을 효과적으로 전달함으로써 좋은 점수를 얻을 수 있다고 생각했기 때문입니다(White, 2008). 이 구조는 간결하면서도 논리적인 흐름을 유지할 수 있어 시험에서 강력한 도구로 작용합니다. 평가하는 입장에서도, 서론에서 제시한 주장을 본론에서 세 가지 주요 근거를 들어 설명한 후 결론에서 다시 요약하고 강조하는 방식이 단순하면서도 효율적으로 글쓴이의 사고를 판단할 수 있게 합니다.

그런데 다섯 문단 글쓰기에 대한 비판도 있습니다. 첫째, 정해진 틀, 특히 세 가지 논제를 제시하는 구조에 집중하다 보면 논증을 단순화하거나 근거를 억지로 끼워 맞춰 제시할지도 모릅니다. 세 가지 논제의 무게를 맞추려다 분석의 깊이를 제한할 수도 있고요. 둘째, 형식의 유연함이 부족해서 학생들이 전달하려는 내용에 집중하지 못할 가능성이 있습니다. 자신이 정말 하고 싶은 이야기를 꺼내려는 창의적 사고를 억제할 수 있다는 것입니다. 셋째, 자칫 다섯 문단 글쓰기를 학술적 글쓰기의 대표로 여겨, 각 분야의 학문적 담론에 적응하지 못할지도 모른다는 우려가 있습니다. 고등교육에서 읽고 써야 하는 학술적인 글은 전공 분야마다 그 스타일이 다른데 말이지요.

기초 체력이 가장 중요하다

이런 비판에도 불구하고, 저는 이 책의 출간이 무척 반갑습니다. 다음과 같이 선생님

미국 영재들의 글쓰기 비법

이나 학생들에게 유용한 자료가 될 거예요. 첫째, 글쓰기를 가르치기 어려운 선생님들에게 다섯 문단 글쓰기는 첫 가이드로 좋습니다. 선생님은 반복되는 패턴으로 글의 기본적 뼈대를 보여 줄 수 있을 뿐만 아니라, 학생들이 작성한 글을 구조에 맞추어 명확하게 첨삭할 수 있습니다. 둘째, 학생들은 머릿속에 떠다니는 자신의 생각을 밖으로 꺼내 타인이 이해할 수 있는 형태로 만드는 방식 중 한 가지를 연습해 봅니다. 이런 경험으로 학생들은 글을 쓸 수 있다는 자신감을 갖게 됩니다. 특히 글쓰기를 처음 배우거나 글쓰기를 어려워하는 학생들에게 유용합니다. 셋째, 학생들은 자기 주장을 적어도 세 가지 근거나 상세 내용으로 뒷받침하며 논리적 사고를 연습합니다. 넷째, 학생들이 다섯 문단 글쓰기에 어느 정도 익숙해진다면, 선생님은 이를 토대로 더 복잡하거나 다양한 글쓰기로 안내할 수 있습니다. 준비 운동을 충분히 했으니 달리기나 수영같이 혼자서 도전하는 종목, 야구나 농구 같이 협력하는 종목, 등산이나 서핑처럼 자연과 교감하는 종목 등 더 복잡하고 도전적인 운동으로 나아갈 준비가 되는 것이지요.

인공지능 시대가 되었으니, 청소년들이 인공지능에게 줄 지시문만 작성하도록 다그쳐야 할까요? 그렇게 해서 되는 대로 대강 뭉쳐 놓은 글을 생성하고요? 아니면 자신을 탐색하고 언어와 세상을 탐험하며 타인과 소통할 수 있는 글쓰기 근육을 기르도록 안내해야 할까요? 무엇이든 빠르게 변화하는 지금이야말로, 천천히 생각하고 고민하는 글쓰기 교육이 더 소중한 시기라고 생각합니다. 마치 기초 체력 훈련과도 같은 다섯 문단 글쓰기로 시작해 보세요. 논리적 사고, 구조화된 표현, 명확한 근거 제시 등 기초가 탄탄해질 때 다양한 장르의 글쓰기는 물론 인공지능과의 대화 및 협업도 능숙하게 해내는 힘을 갖추게 될 것입니다.

《미국 영재들의 글쓰기 비법》을 펼치신 여러분, 환영합니다.

이 책에서는 단계별 과정을 통해 다섯 문단으로 쉽게 논리적인 글을 쓰는 방법을 배우게 됩니다. 수업은 차근차근 진행되며, 각 단계를 학습하고 연습문제를 풀며 실력과 자신감을 쌓게 됩니다.

이 책을 읽는 법은 다음과 같습니다. '개념 잡기'를 읽고 머릿속에 설명을 보관해 두세요. 그다음 '실전 적용'에서 구체적인 방법을 배우세요. 마지막으로 '연습하기'에서 '실전 적용'의 방법을 그대로 따라 해서 문제를 풀어보세요. '연습하기'가 어려우면 책 뒤에 있는 해답을 참고하세요.

1장에서는 글쓰기를 계획하는 법을 배웁니다. 선생님의 지시 사항인 지시문을 분석하는 법부터 계획의 마지막 단계인 멋진 개요를 작성하는 법까지, 총 다섯 단계를 연습하게 됩니다. 계획하기를 마치면 글쓰기의 70퍼센트는 끝내는 거예요. 좋은 글을 쓰는 데 계획하기가 가장 중요합니다.

2장에서는 실제로 글을 쓰는 법을 배웁니다. 각 문단을 쓰는 법을 훈련하고, 서론, 본론, 결론에 정확히 어떤 내용을 써야 할지 배우게 됩니다. 이 책에 나온 방법만 따라 하면 글쓰기가 전혀 어렵지 않을 거예요.

3장에서는 제목을 짓는 법과 참고문헌 및 인용구 목록 표기법을 다루고, 퇴고 방법을 간략히 소개하는 등 추가 정보를 제공합니다.

4장에는 지금까지 배운 내용을 정리한 간편 요약 노트가 실려 있습니다. 또한 지금까지 배운 내용을 연습해 볼 수 있는 실전 연습도 수록되어 있습니다. 실전 연습을 보고 내용을 제대로 이해했는지 적용해 보세요.

마지막으로 5장에서는 본 교재에서 살펴보았던 연습문제의 해설이 제공됩니다.

지금 시작하여 글쓰기 전문가가 되어 보세요!

• 차례 •

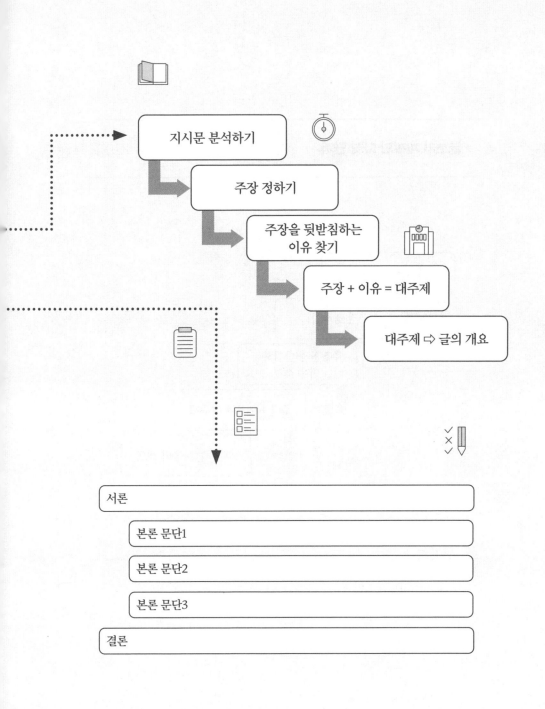

지시문 분석하기

주장 정하기

주장을 뒷받침하는
이유 찾기

주장 + 이유 = 대주제

대주제 ⇨ 글의 개요

서론

본론 문단1

본론 문단2

본론 문단3

결론

• 글쓰기 계획의 다섯 단계

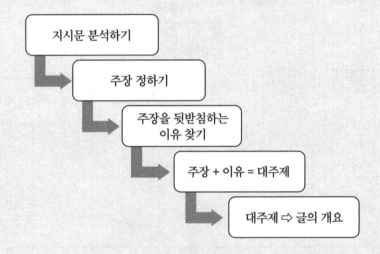

1장

한 문장부터 쓰자

지시문부터 개요까지, 글쓰기 계획하기

1장에서는 글쓰기를 계획하는 방법을 배웁니다. 글쓰기 계획은 다섯 단계로 이루어져요. 지시문 분석에서 시작하여 마지막으로 개요를 작성하고 나면, 글을 쓸 준비를 마치게 됩니다.

이렇게 읽으니까 어렵게 느껴지죠? 앞으로 중학교, 고등학교, 대학교에서 많은 글쓰기 문제를 보게 될 거예요. 그때 느낄 막막함은 상상하기 힘들 정도입니다. 하지만 계획하기의 다섯 단계를 익히고 나면, 문제가 어떤 것이든 글쓰기가 막막하지 않고 한번 해볼 만한 일이 될 거예요.

글쓰기를 잘 계획하면 시간을 아끼면서 더 좋은 글을 쓸 수 있어요. 또한 개요에 따라 쓰면 글쓰기가 훨씬 쉬워집니다!

천 리 길도 지시문부터

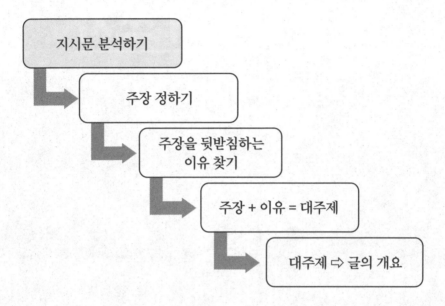

지시문 분석하기

주장 정하기

주장을 뒷받침하는
이유 찾기

주장 + 이유 = 대주제

대주제 ⇨ 글의 개요

개념 잡기 이것만 알아 두세요

지시문이란 간단하게 '문제'예요. 글쓰기 주제를 알려 주는 지시 사항이라고 이해하
면 되어요.

예   운동 경기를 하는 이점을 설명하시오.

문제를 제대로 이해했는지 확인하려면 지시문을 상세히 분석해 보아야 해요.

지시문에 쓰여 있는 단어들을 살펴보고, 주제어와 방향어를 찾아요. 아래 그림에서 보듯이 글쓰기 지시문 안에는 두 가지 정보, 즉 주제어와 방향어가 숨어 있어요. 우리가 할 일은 숨어 있는 두 가지 정보를 찾아내는 거예요.

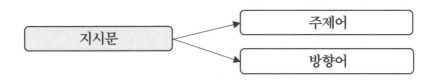

주제어는 글쓰기 주제를 나타내요. 이 글은 '무엇에 대한 글이다'라고 할 때 '무엇'에 해당하는 거예요. 이 글은 '운동에 대한 글이다', '이 글은 아이스크림에 대한 글이다', '이 글은 가족에 대한 글이다'에서 운동, 아이스크림, 가족이 모두 주제어에 해당해요.

방향어는 주제에 대하여 어떤 종류의 정보를 기대하는지 나타내요. '설명하시오', '비교하시오', '대조하시오' 같은 단어를 찾아보세요. 지시문에 방향어가 쓰여 있지 않을 때도 있어요. 이때 방향어는 '묘사하시오'나 '설명하시오'라고 보면 되어요. 우리는 방향어에 맞게 주장을 정하고 주장의 이유와 근거를 찾아야 해요.

예 운동경기를 하는 이점을 설명하시오.
주제어 운동경기를 하는 이점
방향어 이점을 설명하시오.

예 오늘날 부모가 겪는 큰 어려움은 무엇인가?
주제어 오늘날 부모가 겪는 어려움
방향어 어려움을 설명하시오.

다음 지시문을 주의 깊게 읽고 주제어와 방향어를 파악해 보세요.

지시문	당신에게 큰 영향을 미친 사람에 대해 쓰고, 그 이유를 설명하시오.
주제어	당신에게 큰 영향을 미친 사람
방향어	이유를 설명하시오

지시문	오늘날 학생들이 겪는 가장 큰 어려움은 무엇인가?
주제어	
방향어	

지시문	교복의 장단점은 무엇인가?
주제어	
방향어	

지시문	서로 다른 두 취미를 비교하고 대조하시오.
주제어	
방향어	

지시문	고등학교를 왜 졸업해야 하는가?
주제어	
방향어	

방향어는 주제에 관련된 정보를 묻는 거예요. 어떤 주제에 찬성하거나 반대하는 정보를 묻기도 하고, 공통점과 차이점을 묻기도 해요. 설명이 조금 어렵나요? 아래 예시를 보면 이해가 쉬울 거예요.

각 방향어가 어떤 정보를 묻는지 골라 보세요. 왼쪽에 제시된 방향어를 읽고 오른쪽에서 옳은 해석을 찾아 선으로 연결해 보세요.

방향어	묻고 있는 정보
비교, 대조하시오	…의 부정적인 면을 서술하시오.
…의 이점은 무엇인가?	…의 장점과 단점을 서술하시오.
…의 단점은 무엇인가?	…의 긍정적인 면을 서술하시오.
…의 긍정적인 면과 부정적인 면은 무엇인가?	…가 중요한 이유를 서술하시오.
…가 얼마나 중요한가?	공통점과 차이점을 서술하시오.

이제 주장을 정할 차례

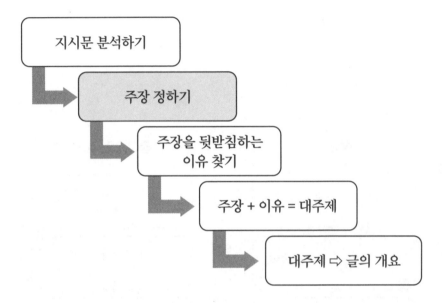

개념 잡기 이것만 알아 두세요

계획하기의 두 번째 단계는 지시문과 직접적으로 관련이 있는 주장을 정하는 거예요. 주장이란 의견이나 관점을 서술하는 문장으로, 질문이나 설명이 아니에요. 아래 예시를 한번 보세요.

예 지시문: 운동경기를 하는 이점을 설명하시오.

주장: 운동경기는 매우 유익하다.

먼저 지시문의 주제어를 파악해 보세요. 그리고 이 주제어를 주장으로 바로 바꾸어 보세요. '주장'이란 좋다 싫다, 옳다 그르다, 해야 한다 혹은 하지 말아야 한다 같은 말이에요.

주장이라는 단어가 낯설다면, 이런 상황을 상상해 보세요. 여러분이 운동장에서 친구와 다투고 있어요. 여러분은 축구를 하고 싶고, 친구는 술래잡기를 하고 싶어요.

이제 여러분은 친구에게 축구를 하자고 주장해야 해요. 우리가 축구를 왜 해야 하는지 근거를 들어야 하고요. 친구는 술래잡기를 하자고 주장할 거예요. 우리가 술래잡기를 왜 해야 하는지 근거를 들 거고요.

이런 대화를 그대로 글로 옮겨 적으면, 우리가 지금 배우고 있는 글쓰기가 되는 거예요. 글쓰기는 전혀 어렵지 않아요.

지시문	가장 훌륭한 후식은 무엇인가?
	실망을 딛고 좋은 결과를 냈던 경험을 서술하시오.
주장	아이스크림이 후식으로는 최고다.
	실망을 딛고 좋은 결과를 낼 수 있다.
지시문	우리가 지금 해야 하는 놀이는 무엇인가?
주장	축구를 해야 한다.
	술래잡기를 해야 한다.

아래 예시에 세 가지 보기가 제시되어 있어요. 세 가지 중 무엇이 강력한 주장인지 파악하는 연습이에요. 주장은 지시문에 대한 대답이고, 서술하는 문장이어야 해요.

지시문　　당신에게 <u>큰 영향을 미친 사람</u>에 대하여 쓰고, 그 이유를 설명하시오.

강력한 주장　• 2학년 때 담임 선생님은 나에게 매우 큰 영향을 미쳤다.

　　　　　　• ~~나는 2학년 때 담임 선생님이 좋다.~~

　　　　　　• ~~나에게 가장 큰 영향을 미친 사람으로 누구를 꼽아야 할까?~~

지시문　　오늘날 부모가 겪는 큰 어려움은 무엇인가?

강력한 주장　• 부모는 영상 시청 시간을 제한하지 말아야 한다.

　　　　　　• 영상 시청 시간을 정하는 것은 부모가 겪는 가장 큰 어려움이다.

　　　　　　• 부모가 되고 싶은가?

지시문　　동물원 운영을 금지해야 하는가?

강력한 주장　• 나는 동물원에 가는 것을 좋아한다.

　　　　　　• 동물원에 가 본 적이 있는가?

　　　　　　• 동물원 운영을 금지해서는 안 된다.

지시문　　휴대전화를 갖기에 적당한 나이는 몇 살인가?

강력한 주장　• 아이들이 휴대전화를 쓰면 위험하다.

　　　　　　• 어린이는 청소년이 되기 전에 휴대전화를 가져야 한다.

　　　　　　• 나는 휴대전화를 가질 준비가 되어 있다.

  주제어를 찾고 주장으로 바꾸는 연습이에요. 지시문을 잘 읽고 주제어에 밑줄을 친 뒤, 주제어를 주장으로 바꾸어 보세요. 주장은 의견이나 관점을 나타내는 서술이며, 질문이나 명령이 아니에요.

지시문	<u>당신에게 큰 영향을 준 사람</u>에 대해 쓰고, 그 이유를 설명하시오.
주장	나에게 큰 영향을 준 사람은 2학년 때 담임 선생님이다.

지시문	악기를 배우면 좋은 점은 무엇인가?
주장	

지시문	학교 급식의 장단점은 무엇인가?
주장	

지시문	두 가지 스포츠를 비교, 대조하라.
주장	

지시문	왜 열심히 공부해야 하는가?
주장	

지시문	좋은 취미의 조건은 무엇인가?
주장	

주장을 뒷받침하는 이유 찾기

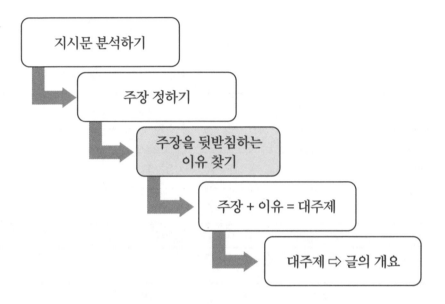

지시문 분석하기

주장 정하기

주장을 뒷받침하는
이유 찾기

주장 + 이유 = 대주제

대주제 ⇨ 글의 개요

개념 잡기 이것만 알아 두세요

　자, 이제 주장을 뒷받침하는 근거를 찾아야 해요. 우리는 근거를 '이유'라고 부를 거예요. 이유란 주장이 진실이라고 생각하는 까닭이에요. 보통 '왜냐하면'에 이어서 나오는 문장이 이유예요.

　축구를 하자고 주장하는 상황을 생각해 볼게요. '우리는 축구를 해야 한다. 왜냐하면 지금 학교에 축구공이 있고, 우리 인원 수가 딱 맞고, 운동장이 비어 있기 때문이다.' 어느 부분이 이유인지 아시겠죠?

첫째, 지시문에서 방향어를 찾아보세요. 장점, 찬성하는 이유, 반대하는 이유처럼 한 가지 정보를 찾는지, 찬반이나 장단점처럼 두 가지 정보를 찾는지 확인해야 해요.

둘째, 한 가지 정보를 찾는지 두 가지 정보를 찾는지에 따라 찾아야 하는 이유의 개수가 달라져요. 다음 기준을 활용하여 어떤 종류의 정보가 필요한지 결정하세요.

한 가지 정보를 묻는 방향어

주장을 뒷받침하는 이유를 세 개 찾는다.

두 가지 정보를 묻는 방향어

주장을 뒷받침하는 이유 두 개와 주장에 반대하는 이유 한두 개를 찾는다.

셋째, 이제 이유를 찾아 나서야 해요. 이미 알고 있는 지식을 활용해서 이유를 생각해 낼 수도 있어요. 생각이 떠오르지 않는다면 조사를 시작해 보세요. 평소 사용하는 검색 사이트에서 조사를 시작하면 되어요. 검색을 주저하지 마세요.

뒷받침하는 이유가 필요한가요? '왜+주장'으로 검색해 보세요.

반대하는 이유가 필요한가요? '왜+주장+아닌 이유'로 검색해 보세요.

> **예**   주장: 아이스크림은 최고의 후식이다.
>
>   검색: 왜 아이스크림은 최고의 후식인가?

마지막으로, 제시한 이유나 근거가 직접적으로 주장을 뒷받침하는지 확인해 보세요. 입으로 소리 내서 읽어 보면 확인하는 데 도움이 되어요. '아이스크림은 최고의 후식이다. 왜냐하면 아이스크림은 맛있기 때문이다.' 어때요? 어색하지 않죠?

이유가 주장을 뒷받침하는지, 아니면 주장과 관련이 없는지 골라 보세요. 이유 앞에 '왜냐하면'을 붙여 소리 내서 읽으면 도움이 될 거예요.

주장 땅콩버터 샌드위치는 훌륭한 점심 식사이다.

이유 땅콩버터 샌드위치는 영양가가 높다.

답 네 | 아니오

주장 인터넷은 일상을 바꾸어 놓았다.

이유 이제 도서관에 가지 않고도 정보를 찾아볼 수 있다.

답 네 | 아니오

주장 인터넷은 일상을 바꾸어 놓았다.

이유 인터넷 속도가 느릴 수도 있다.

답 네 | 아니오

주장 기후 변화는 심각한 문제이다.

이유 폭염이 늘고 있다.

답 네 | 아니오

주장 기후 변화는 심각한 문제이다.

이유 기후 변화는 화석 연료 때문에 생겨난다.

답 네 | 아니오

주장	신선한 과일이 가장 좋은 후식이다.
이유	내가 가장 좋아하는 과일은 사과다.
답	네 | 아니오

주장	신선한 과일이 가장 좋은 후식이다.
이유	과일에는 영양소가 다양하게 있다.
답	네 | 아니오

주장	학교는 7시에 시작해야 한다.
이유	학생들이 오후에 운동할 시간이 많아진다.
답	네 | 아니오

주장	학교는 7시에 시작해야 한다.
이유	나는 학교 가까이에 산다.
답	네 | 아니오

주장	오늘 체육 시간에 축구를 해야 한다.
이유	인원이 딱 맞기 때문이다.
답	네 | 아니오

주장	오늘 체육 시간에 축구를 해야 한다.
이유	축구공이 농구공보다 멋있다.
답	네 | 아니오

주장을 뒷받침하는 강력한 이유 세 가지를 제시해 보세요. 필요하다면 인터넷을 사용해도 좋아요.

주장	땅콩버터 샌드위치는 훌륭한 점심이다.
이유	영양가가 좋다.
이유	만들기 쉽다.
이유	빨리 먹을 수 있다.

주장	학급당 학생 수가 10명 이상이어서는 안 된다.
이유	
이유	
이유	

주장	청소년은 숙제하는 대가로 돈을 받아야 한다.
이유	
이유	
이유	

주장에 찬성하는 이유 두 가지와 반대하는 이유 두 가지를 적어 보세요. 필요하다면 인터넷을 사용해도 좋아요.

주장	땅콩버터 샌드위치는 훌륭한 점심이다.
찬성1	영양가가 좋다.
찬성2	만들기 쉽다.
반대1	땅콩 알레르기가 있는 사람들과 같이 식사하기엔 좋지 않다.
반대2	설탕이 너무 많이 첨가된 땅콩버터도 있다.

주장	학교에서 숙제를 내주어선 안 된다.
찬성1	
찬성2	
반대1	
반대2	

주장과 이유를 합치면 '대주제'

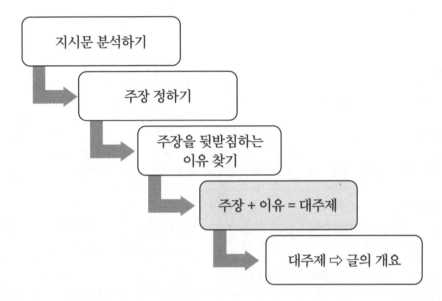

지시문 분석하기

주장 정하기

주장을 뒷받침하는
이유 찾기

주장 + 이유 = 대주제

대주제 ⇨ 글의 개요

개념 잡기 이것만 알아 두세요

자, 이제 대주제를 만들 수 있어요. 대주제는 글 전체의 중심 내용이 들어 있는 문장이에요. 계획하기의 마지막 단계인 개요를 짜는 데 핵심 재료랍니다.

> **예** 아이스크림이 가장 좋은 후식이다. 왜냐하면 아이스크림은 맛있고, 구하기 쉬우며, 다양한 맛으로 나오기 때문이다.

간단한 대주제는 주장 하나와 이를 뒷받침하는 이유 세 가지로 이루어져요. 지시문이 뒷받침 정보만 묻는다면 다음과 같은 구조를 사용하세요.

대주제   ○○을 주장한다. + 왜냐하면 [이유 1], [이유 2], [이유 3] 때문이다.

지시문   가장 좋은 후식은 무엇인가?

대주제   아이스크림이 가장 좋은 후식이다. 왜냐하면 아이스크림은 맛있고, 구하기 쉬우며, 다양한 맛으로 나오기 때문이다.

만약 지시문이 '찬반'이나 '장단점' 등을 묻는다면, 다음과 같은 구조를 사용하세요. 반대하는 이유를 먼저 적고, '하지만'을 붙인 다음 찬성하는 이유를 적는 거예요.

대주제   비록 [반대하는 이유]이지만, ○○을 주장한다. 왜냐하면 [뒷받침하는 이유 1]과 [뒷받침하는 이유 2] 때문이다.

지시문   후식으로서 아이스크림의 장단점은 무엇인가?

대주제   비록 반드시 냉동실에 보관해야 하지만, 아이스크림은 훌륭한 후식이다. 왜냐하면 맛있고 다양한 맛 중에서 고를 수 있기 때문이다.

자, 이제 연습하기를 같이 풀어 볼게요.

주장과 이유를 대주제로 바꾸어 보세요. 자연스럽게 연결하기만 하면 되어요.

주장	땅콩버터 샌드위치는 최고의 점심 식사이다.
이유	① 영양가가 좋다. ② 만들기 쉽다. ③ 빨리 먹을 수 있다.
대주제	땅콩버터 샌드위치는 훌륭한 점심 식사이다. 왜냐하면 영양가가 좋고, 만들기 쉬우며, 빨리 먹을 수 있기 때문이다.

주장	청소년이 아르바이트를 하는 것은 좋은 생각이다.
이유	① 경력이 쌓인다. ② 사회 경험을 해볼 수 있다. ③ 돈을 벌 수 있다.
대주제	

주장	인터넷은 일상을 바꾸어 놓았다.
이유	① 이제 종이 지도 대신 지피에스를 사용한다. ② 도서관에 가지 않고도 정보를 찾을 수 있다. ③ 친구들과 더 쉽게 연락할 수 있다.
대주제	

각 대주제를 잘 읽고 문제점을 찾아보세요. 그 후 대주제를 고쳐 쓰세요.

대주제	땅콩버터 샌드위치는 훌륭한 점심이다.
문제	주장만 있고 이유가 없다.
다시 쓰기	땅콩버터 샌드위치는 훌륭한 점심식사이다. 왜냐하면 영양가가 좋고, 만들기도 쉬우며, 빨리 먹을 수 있기 때문이다.

대주제	대학 진학은 좋은 직업을 얻기 위한 훌륭한 수단이다.
문제	
다시 쓰기	

대주제	이 글은 인터넷과 인터넷의 악영향에 관한 것이다.
문제	
다시 쓰기	

대주제	환경오염은 심각한 문제이다.
문제	
다시 쓰기	

대주제 만들기를 연습해요

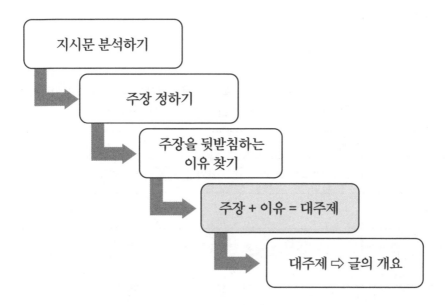

이것만 알아 두세요

　지시문 분석하기에서 대주제 쓰기까지, 이제 글을 쓰기 위한 모든 준비를 마쳤어요. 대주제는 주장 하나와 이유 서너 가지로 구성되어 있다는 점을 기억하세요.

예　지시문: 운동 경기의 장단점을 설명하시오.

　　대주제: 비록 운동 경기를 하면 부상의 위험이 따르지만, 건강을 지키고, 마음을 단련하고, 사교성을 키우기 때문에 유익하다.

지금까지 배운 단계를 따라 해 볼까요?

첫째, 지시문을 분석합니다. 주제어와 방향어를 찾아보세요.

둘째, 주제어를 주장으로 바꾸세요.

셋째, 방향어를 파악하여 어떤 종류의 이유가 필요한지 알아내세요. 무슨 이유를 제시할지 조사하고, 창의적으로 생각해 보세요. 이유가 참신할수록 주장의 설득력이 높아지고 독자의 호기심을 끌 거예요.

넷째, 주장과 이유를 합쳐 대주제를 작성하세요.

지시문   최고의 후식은 무엇인가?

대주제   아이스크림이 최고의 후식이다. 왜냐하면 아이스크림은 맛있고, 구하기
          쉬우며, 다양한 맛으로 나오기 때문이다.

지시문   존경하는 인물에 대해 서술하시오.

대주제   내가 존경하는 사람은 초등학교 2학년 때 선생님이다. 왜냐하면 선생님이
          친절하셨고, 내가 처했던 어려운 상황을 이해해 주셨고, 나를 도와주셨기
          때문이다.

여기까지 따라 오셨나요? 대주제 쓰기를 마쳤다면 여러분은 이제 글쓰기의 절반을 마친 거나 다름 없어요. 개요도, 다섯 문단 글쓰기도 모두 다 대주제로 만들기 때문입니다. 여러분은 가장 어려운 일을 해낸 거예요!

만드는 법을 다시 한번 정리할게요.

첫째, 주제어와 방향어를 파악한다.

둘째, 주제어를 주장으로 바꾼다.

셋째, 이유를 찾는다.

넷째, 마지막으로 주장과 이유를 대주제로 바꾼다.

지시문	어린이가 인터넷을 사용할 수 있도록 허용해야 하는가?
주장	어린이가 인터넷에 사용할 수 있도록 허용해야 한다.
이유	① 교육적이다 ② 재미있다. ③ 가족과 함께 할 일이 생긴다.
대주제	어린이가 인터넷을 사용할 수 있도록 허용해야 한다. 왜냐하면 인터넷은 교육적이고, 재미있으며, 인터넷에는 가족과 함께 즐길 수 있는 온라인 게임이 많기 때문이다.

지시문	가장 좋아하는 영화는 무엇인가? 그 이유를 설명하시오.
주장	
이유	
대주제	

각 지시문을 대주제로 바꾸어 보세요.

지시문	학급당 학생 수가 중요한가?
주장	
이유	
대주제	

지시문	대학 교육의 장단점은 무엇인가?
주장	
이유	
대주제	

지시문	사회관계망 서비스의 장단점은 무엇인가?
주장	
이유	
대주제	

대주제로 개요를 짤 수 있어요

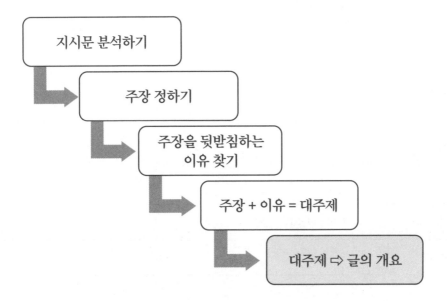

- 지시문 분석하기
- 주장 정하기
- 주장을 뒷받침하는 이유 찾기
- 주장 + 이유 = 대주제
- 대주제 ⇨ 글의 개요

개념 잡기 이것만 알아 두세요

'개요'라는 단어가 어렵죠? 글쓰기에서 정말 중요한 단어예요. 개요란 글의 세 부분인 서론, 본론, 결론을 어떻게 작성할지 짧게 요약한 거예요.

앞으로 여러분은 글쓰기를 하는 한, 개요라는 단어를 듣고 말하게 될 거예요. 개요는 글쓰기의 처음이자 끝이라고 해도 과언이 아니랍니다. 개요만 있으면 글쓰기는 하나도 어려운 일이 아니에요. 개요가 나쁜데 글이 좋을 수는 절대로 없어요. 반대로 개요가 좋은데 글이 나쁠 수도 없고요.

미국 영재들의 글쓰기 비법

자, 이제 개요 만들기를 연습할 차례에요. 그만큼 중요한 개요는 어떻게 만들까요? 앞에서 살짝 가르쳐 드렸어요. 개요는 대주제로 만든다! 대주제만 완성되면 개요는 아주 쉽게 만들 수 있어요. 예시를 보여 줄게요.

서론	**대주제**	주장 + 세 가지 이유
본론	**이유1**	주장을 뒷받침하는 이유 1과 그 이유가 주장을 어떻게 뒷받침하는지 쓴다.
	이유2	주장을 뒷받침하는 이유 2와 그 이유가 주장을 어떻게 뒷받침하는지 쓴다.
	이유3	주장을 뒷받침하는 이유 3과 그 이유가 주장을 어떻게 뒷받침하는지 쓴다. 아니면 반대하는 이유 1과 그 이유가 큰 문제가 되지 않는 까닭을 쓴다.
결론	**대주제**	대주제를 다른 말로 바꾸어 쓴다.

어때요? 개요가 사실 별다른 게 아니고, 대주제를 길게 풀어서 쓴 거라는 점을 이해했나요? 본론에서 이유가 주장을 어떻게 뒷받침하는지 쓰는 부분은 앞으로 배울 거예요. 이 부분은 독창적인 생각보다 성실하게 조사해서 찾은 내용을 담아야 합니다.

다시 한번 강조할게요. 절대 개요 없이 글을 쓰지 마세요. 만약 지금까지 배운 내용이 이해가 되지 않았다면, 앞으로 돌아가서 다시 한번 읽어 보세요. 그래도 이해가 안 되면 국어 선생님에게 물어 보세요.

자, 이제 연습하기에서 대주제를 개요로 바꾸어 보세요.

대주제		동물원 운영을 금지해야 한다. 왜냐하면 동물은 자기 영역이 필요하고, 다른 동물에게서 병이 전염될 수 있으며, 외로움을 탈 수도 있기 때문이다.
서론		동물원 운영을 금지해야 한다. 왜냐하면 동물은 영역이 필요하고, 병이 전염될 수 있으며, 외로움을 탈 수 있기 때문이다.
	본론 문단1	동물에게 자기만의 영역이 필요한 이유를 쓰고, 왜 동물원을 금지해야 하는지 쓴다.
	본론 문단2	다른 동물로부터 어떻게 병이 전염될 수 있는지 쓰고, 왜 동물원을 금지해야 하는지 쓴다.
	본론 문단3	어떻게 외로움을 느끼는지 쓰고, 왜 금지해야 하는지 쓴다.
결론		동물원은 동물이 자기 영역을 지키고, 신체적 정신적 건강을 유지할 수 있는 안전한 환경을 제공하지 못한다. 따라서 동물원을 금지해야 한다.

대주제		학교에서는 교복을 입는 것이 바람직하다. 왜냐하면 교복은 저렴하고, 교복을 입으면 등교 준비가 쉬워지며, 소속감을 키우기 때문이다.
서론		
	본론 문단1	
	본론 문단2	
	본론 문단3	
결론		

대주제	학생들에게 숙제를 내주어서는 안 된다. 왜냐하면 숙제를 하면 시간이 너무 오래 걸리고, 가족과 보내는 시간이 줄어들며, 성적이 오르지도 않기 때문이다.	
서론		
	본론 문단1	
	본론 문단2	
	본론 문단3	
결론		

대주제	비록 학급당 학생 수가 적으면 운영비가 비싸지지만, 학생 수가 적은 것이 더 낫다. 왜냐하면 학생들이 도움을 더 많이 받을 수 있고, 또래 학생과 더 가깝게 지낼 수 있기 때문이다.	
서론		
	본론 문단1	
	본론 문단2	
	본론 문단3	
결론		

대주제	학생이 교실에 휴대전화를 가지고 오지 못하도록 해야 한다. 왜냐하면 휴대전화 때문에 공부에 집중하기 어려워지고, 다른 학생들이 산만해지며, 선생님까지도 산만해지기 때문이다.	
서론		
	본론 문단1	
	본론 문단2	
	본론 문단3	
결론		

대주제	학생이 교실에 휴대전화를 가져올 수 있도록 해야 한다. 왜냐하면 정보를 빨리 찾아볼 수 있고, 숙제 알림을 설정할 수 있으며, 교육 애플리케이션도 사용할 수 있기 때문이다.	
서론		
	본론 문단1	
	본론 문단2	
	본론 문단3	
결론		

미국 영재들의 글쓰기 비법

개요 짜기를 연습해요

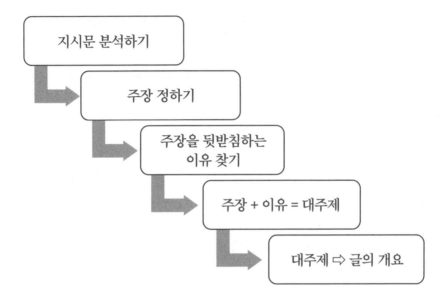

지시문 분석하기

주장 정하기

주장을 뒷받침하는
이유 찾기

주장 + 이유 = 대주제

대주제 ⇨ 글의 개요

개념 잡기 이것만 알아 두세요

이제 지시문이 무엇이든 개요로 바꿀 수 있어요!

실전 적용 이렇게 따라 하세요

지금까지 배운 단계를 따라가 볼게요.

다음 지시문을 개요로 바꾸어 보세요.

지시문	학생이 학교에 화장하고 오는 것을 허용해야 할까?
주장	
세 가지 이유	
대주제	

서론		
	본론 문단1	
	본론 문단2	
	본론 문단3	
결론		

지시문	교사가 놀이 수업을 하면 어떤 장단점이 있는가?
주장	
세 가지 이유	
대주제	

서론		
	본론 문단1	
	본론 문단2	
	본론 문단3	
결론		

• 다섯 문단 글쓰기

서론

　　본론 문단1

　　본론 문단2

　　본론 문단3

결론

2장

한 문장을
다섯 문단으로 만들기

서론, 본론, 결론을 쓰는 방법

이제 지시문을 개요로 바꾸는 방법을 잘 이해했을 거예요. 개요 만들기를 마치면
글쓰기의 70퍼센트는 끝낸 거예요! 2장에서는 글의 각 문단을 쓰는 방법에 대해
배우게 됩니다.
논리적인 글은 다섯 문단으로 이루어져요. 서론 문단, 본론 문단 세 개, 결론 문단
입니다. 이 문단들이 무엇으로 이루어져 있는지를 알면 글쓰기가 전혀 어렵지 않
아요.
다섯 문단 글쓰기는 독후감, 감상문, 논술 등 학교에서 쓰는 모든 글쓰기에 적용할
수 있어요. 2장을 모두 익히고 나면 여러분은 글쓰기가 전혀 두렵지 않은 사람이
될 거예요.
기대되죠? 자, 따라 오세요!

서론이 뭐예요?

서론
본론 문단1
본론 문단2
본론 문단3
결론

개념 잡기 이것만 알아 두세요

　서론 문단은 글의 첫 문단입니다. 이 문단에서는 독자가 앞으로 읽을 글이 무엇에 관한 글인지 생각해 보게 하고, 무엇을 읽게 될지 예상하도록 만들어요.

　서론이 지루하면 독자는 글을 읽지 않아요. 그래서 서론은 짧아야 하고, 독자의 흥미를 끌어야 합니다. 우리가 앞으로 배울 내용도 이 두 가지 특징을 갖추기 위한 거예요.

　서론은 세 가지 부분으로 이루어져요. 지금부터 살펴볼까요?

서론 문단은 첫 문장, 대주제로 전환, 대주제라는 세 부분으로 이루어져요. 대주제는 이미 작성해 보았으니, 다른 부분도 어떻게 쓰는지 배워 볼게요. 자, 아래에 예시가 있어요.

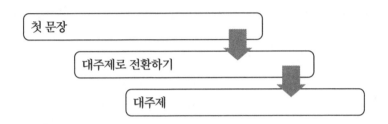

예		
①첫 문장	미국인 39퍼센트가 적어도 일주일에 한 번씩은 후식을 먹는다.
②대주제로 전환하기	후식은 수많은 종류가 있지만,
③대주제	아이스크림이 최고의 후식이다. 왜냐하면 아이스크림은 맛있고, 구하기 쉬우며, 다양한 맛으로 나오기 때문이다.

어떤가요? 이 예시 하나만으로 서론을 이루는 세 부분이 어떻게 연결되는지 쉽게 알 수 있어요. 첫문장은 앞으로 이야기할 주제('후식')를 제시하면서 독자의 흥미를 끌어야 해요. 어떻게 하면 독자의 흥미를 끌 수 있는지는 이어지는 내용에서 배울 거예요. 이 예시에서는 후식과 관련된 인상적인 수치로 독자의 흥미를 끌고 있네요.

서론 문단의 각 부분을 구분해 보세요.

①첫 문장	달콤한 후식은 중세 시대부터 존재해 왔다. 요즘엔 다양한 후식 중에서 선택할 수 있다. 하지만 맛있고, 구하기 쉽고, 여러 가지 맛으로 나오는 아이스크림이 최고의 후식이다.
②대주제로 전환하기	
③대주제	

①첫 문장	인터넷상에는 20억 개가 넘는 웹사이트가 존재한다. 모든 웹사이트가 유익하지는 않지만, 어린이가 인터넷에 접속할 수 있도록 해야 한다. 왜냐하면 인터넷은 교육적이고, 재미있으며, 가족과 함께 즐길 수 있는 온라인 게임이 많기 때문이다.
②대주제로 전환하기	
③대주제	

①첫 문장	어린이들은 인터넷을 사용하게 해 달라고 요구한다. 하지만 어린이가 원한다고 해서 모두 어린이에게 좋은 건 아니다. 어린이가 인터넷을 사용하도록 허락해서는 안 된다. 왜냐하면 화면을 집중해서 보면 건강에 좋지 않고, 인터넷에는 위험한 사이트가 있으며, 친구들과 놀면서 시간을 더 알차게 쓸 수 있기 때문이다.
②대주제로 전환하기	
③대주제	

①첫 문장	미국 학교 중 20퍼센트만 7시 45분 이전에 수업을 시작한다. 많은 학교가 하루 중 일부분을 낭비하고 있다. 학교는 아침 7시에 수업을 시작해야 한다. 왜냐하면 오후에 놀 시간이 많이 생기고, 공부할 시간이 생기며, 숙제할 시간도 충분해지기 때문이다.
②대주제로 전환하기	
③대주제	

첫 문장 쓰기

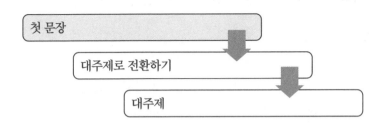

    독자의 관심을 끌 만한 흥미로운 문장을 글의 가장 첫 문장으로 써요. 첫 문장에서 독자의 흥미를 끌지 못하면, 독자는 여러분의 글을 아예 읽지 않을 거예요.

    곰곰이 생각해 보세요. 친구의 인스타그램 계정에서 첫 번째 사진이 밋밋할 때 화면을 그냥 내리지 않았나요? 친구의 글을 읽어야 하는데 첫 문장이 평범하고 지루하다면 여러분은 더 읽고 싶은 마음이 들지 않을 거예요. 그래서 첫 문장 쓰기를 잘 연습해야 합니다.

흥미로운 첫 문장을 쓰기 위해 추천하는 방법은 다음과 같아요.

- 대주제와 관련된 **질문을 던진다.** 모두가 답을 아는 질문이 아닌지 확인하자.
- **흥미로운 사실을 넣는다.**
- **적절한 인용구를 넣는다.** 이 인용구는 글과 관련이 있어야 한다.
- **강렬하거나 예상하기 어려운 문장으로 시작한다.** 이 또한 주장이나 대주제와 관련이 있어야 한다.

좋은 첫 문장은 단 하나만 있는 것이 아니에요. 따라서 창의적으로 생각해 내거나 조사를 해서 가장 마음에 드는 문장을 선택하세요. 검색을 이용해도 되어요.

- 글의 주제에 관한 재미있는 사실
- 글의 주제에 관한 흥미로운 사실

을 검색해 보세요. 만약 흥미로운 사실이 잘 검색되지 않는다면 '어디서, 왜, 얼마나, 언제, 무엇을 + 글의 주제'로 검색해 보세요.

지시문	어린이의 인터넷 사용을 허용해야 하는가?
첫 문장1	인터넷에는 20억 개가 넘는 웹사이트가 있다.
첫 문장2	지구에 사는 70억 명 중에서 40억 명은 이미 인터넷에 접속할 수 있다.
첫 문장3	미국 어린이의 66퍼센트가 집에서 인터넷 접속을 할 수 있다.

각 지시문에 사용해 볼 만한 첫 문장 세 가지를 써 보세요.

지시문	교복의 장단점은 무엇인가?
첫 문장1	
첫 문장2	
첫 문장3	

지시문	왜 고등학교를 졸업해야 하는가?
첫 문장1	
첫 문장2	
첫 문장3	

지시문	왜 대학교 때 아르바이트를 해야 하는가?
첫 문장1	
첫 문장2	
첫 문장3	

전환 문장을 써야 해요

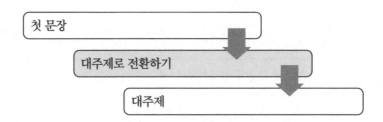

첫 문장

대주제로 전환하기

대주제

전환 문장은 첫 문장과 대주제를 연결하는 문장이에요. 첫 문장에서 독자의 흥미를 끈 다음, 독자를 대주제로 데려오는 역할을 해요.

전환 문장을 쓰는 방법은 따로 정해져 있지 않아요. 여러 가지 표현을 써 보면서 가장 자연스러운 표현을 찾아야 합니다. 여러분이 평소에 얼마나 많이 책을 읽느냐에 따라서 이런 감각을 기를 수 있어요.

먼저 첫 문장과 대주제를 써 보세요. 그리고 첫 문장과 대주제를 이어 주는 문장이나 문장의 토막을 생각해 보세요. 목표는 첫 문장에서 주장으로 넘어가는 거예요.

좋은 전환 문장은 여러 가지가 있을 수 있어요. 전환 문장을 자연스럽게 쓸 때까지 연습해 보세요. 예를 들어 아래와 같이 전환 문장을 쓸 수 있어요.

첫 문장	인터넷에는 20억 개가 넘는 웹사이트가 있다.
전환 문장	모든 사이트가 고품질인 것은 아니지만,
대주제	어린이들이 인터넷을 사용할 수 있도록 허용해야 한다. 왜냐하면 인터넷은 교육적이고, 재미있으며, 가족과 함께 즐길 수 있는 온라인 게임이 많이 있기 때문이다.

첫 문장	미국 어린이 중 66퍼센트가 집에서 인터넷에 접속할 수 있다.
전환 문장	비록 많은 부모가 컴퓨터 사용 시간에 대하여 걱정하지만,
대주제	어린이가 인터넷을 사용할 수 있도록 해야 한다. 왜냐하면 인터넷은 교육적이고, 재미있으며, 가족과 함께 즐길 수 있는 온라인 게임이 많이 있기 때문이다.

각 예제에 전환 문장을 써 넣어 보세요.

첫 문장	10월 14일은 미국 후식의 날이다.
전환 문장	
대주제	신선한 과일이 가장 훌륭한 후식이다. 왜냐하면 영양가가 좋고, 맛있으며, 준비하기도 쉽기 때문이다.

첫 문장	후식을 뜻하는 '디저트'라는 단어가 처음 쓰였다고 알려진 것은 1600년대였다.
전환 문장	
대주제	신선한 과일이 가장 훌륭한 후식이다. 왜냐하면 영양가가 좋고, 맛있으며, 준비하기도 쉽기 때문이다.

첫 문장	미국의 학교 급식 프로그램에는 매년 17조 원 이상의 예산이 들어간다.
전환 문장	
대주제	학교는 무료 급식을 제공하여야 한다. 왜냐하면 무료 급식을 하면 학생들이 공부에 집중할 수 있고, 어려운 학생을 도울 수 있으며, 어린이 비만을 줄일 수 있기 때문이다.

서론 쓰기를 연습해요

서론
본론 문단1
본론 문단2
본론 문단3
결론

개념 잡기 이것만 알아 두세요

이제 논리적인 글의 서론을 쓸 준비를 마쳤어요! 여기까지 따라 온 여러분이 정말 대단합니다. 서론을 쓰면 글 전체를 다 쓴 거나 다름 없어요.

좋은 서론은 독자로 하여금 앞으로 읽을 내용을 예상하게 만들어 줘요. 독자들은 갑작스럽고 뜬금 없는 문장을 원하지 않는답니다. 글은 반드시 자연스럽게, 마치 물 흐르듯이 연결되어야 해요. 이제 지금까지 배운 내용을 복습해 봅시다.

서론 문단은 아래처럼 구성된다는 것을 기억하세요. 첫 문장, 전환 문장, 대주제.

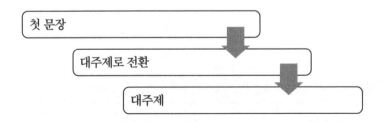

쓰는 순서는 거꾸로예요. 강력한 대주제를 만드는 것이 시작이란 점을 잊지 마세요. 그다음 흥미진진한 첫 문장을 찾아야 해요. 마지막으로 전환구나 전환 문장을 사용하여 첫 문장과 대주제를 연결하세요.

여기서 가장 중요한 부분은 무엇일까요? 바로 대주제입니다. 대주제는 글 전체에서 핵심 중의 핵심이에요. 첫 문장과 전환 문장은 독자를 대주제까지 이끌어 오는 역할을 하는 부분이에요. 그래서 첫 문장에서 독자의 흥미를 끌고, 전환 문장으로 독자를 계속 데려오면서, 마침내 짜잔! 대주제를 제시하는 것입니다.

이렇게 해서 서론 쓰기를 모두 다 배웠어요. 다음 연습하기에서 여러분은 첫 문장과 전환 문장을 쓰는 법을 연습할 거예요. 기억하세요. 첫 문장은 대주제에 담긴 주제와 관련해서 흥미로운 내용을 제시하는 부분입니다. 앞에서 네 가지 방법을 배웠어요. 질문을 던지거나, 흥미로운 사실을 제시하거나, 근사한 인용구를 넣거나, 강렬한 문장을 제시하거나. 가장 일반적인 방법은 글의 주제에 관한 흥미로운 사실을 제시하는 것입니다. 검색을 이용하면 이런 내용을 쉽게 찾을 수 있어요.

각 대주제에 어울리는 서론 문단을 써 보세요.

지시문	학생이 교실에 휴대전화를 가져오는 것을 허용해야 하는가?
첫 문장	
전환 문장	
대주제	학생이 교실에 휴대전화를 가지고 오도록 허용해서는 안 된다. 왜냐하면 휴대전화 때문에 공부에 집중하기 어려워지고, 다른 학생들이 산만해지며, 선생님까지도 산만해지기 때문이다.

지시문	학생이 교실에 휴대전화를 가져오는 것을 허용해야 하는가?
첫 문장	
전환 문장	
대주제	학생이 교실에 휴대전화를 가져오는 것을 허용해야 한다. 왜냐하면 정보를 빨리 찾아볼 수 있고, 숙제 알림을 설정할 수 있으며, 교육 애플리케이션에 접속할 수 있기 때문이다.

지시문	청소년이 커피를 마시도록 허용해야 하는가?
첫 문장	
전환 문장	
대주제	청소년이 커피를 마시도록 허용해야 한다. 왜냐하면 카페인은 심장병 위험을 낮추고, 각성도와 집중력을 높이며, 커피에는 몸에 좋은 항산화제가 들어있기 때문이다.

본론이 뭐예요?

> 서론
>> 본론 문단1
>> 본론 문단2
>> 본론 문단3
> 결론

개념 잡기 이것만 알아 두세요

본론은 글의 중심 부분이에요. 본론은 서론 다음에 써요. 논리적인 글의 본론 문단에서는 주로 서론에 있는 주장이 왜 옳은지에 대한 근거를 제시해요. 그래서 본론 문단을 뒷받침 문단이라고도 해요.

만약 '비교·대조'나 '장단점'에 관한 글을 쓰고 있다면, 주장에 반대하는 이유를 제시하는 본론 문단도 있을 거예요. 이런 문단을 반론 문단이라고 해요.

이제 이 두 종류의 문단을 쓰는 방법을 단계별로 배울 거예요.

본론의 뒷받침 문단은 다음과 같이 세 가지 부분으로 구성되어 있어요. 소주제, 근거, 주장과 연결.

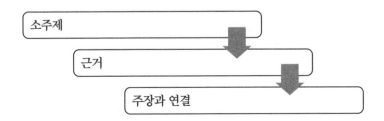

본론 뒷받침 문단의 예를 아래에서 살펴볼게요. 동물원 운영이라는 주제를 다루는 본론의 문단이에요.

주장 동물원 운영은 금지되어야 한다.

①소주제	[①동물원은 동물들이 야생에서 누리는 공간과 같은 공간을 제공할 수 없다.] [②2003년 가디언의 기사에 따르면, 동물원에 사는 호랑이와 사자의 영역은 야생에서 살 때보다 약 18,000배 작다.] [③동물에게 충분한 공간을 제공하지 못하기 때문에 동물원 운영은 금지되어야 한다.]
②뒷받침 근거	
③주장과 연결	

자, 다음의 연습하기에서 본론 문단을 구분하는 연습을 해 보세요. 그 후에 본론 문단을 잘 작성하려면 각 부분을 어떻게 써야 할지 연습해 볼 거예요. 본론을 쓸 때 여러분이 갖춰야 할 태도는 성실히 조사하고 연구하는 마음가짐입니다. 본론에서 독창성은 별로 중요하지 않아요.

뒷받침 문단의 각 부분을 구분해 보세요.

대주제 청소년이 커피를 마실 수 있도록 허용해야 한다. 왜냐하면 카페인을 마시면 심장병 위험이 낮아지고, 각성도와 집중력이 높아지며, 커피에는 몸에 좋은 항산화제가 들어있기 때문이다.

①소주제	카페인은 심장병 위험을 낮춘다. 콜로라도대학교에서 진행된 조사에 따르면, 커피 한 잔을 마시면 심장병 위험이 5퍼센트 낮아진다고 한다. 심장병 위험을 낮출 수 있기 때문에, 청소년이 커피를 마실 수 있도록 허용해야 한다.
②뒷받침 근거	
③주장과 연결	

대주제 어린이들이 인터넷에 접속할 수 있도록 해야 한다. 왜냐하면 인터넷은 교육적이고, 재미있으며, 가족과 함께 즐길 수 있는 온라인 게임이 많기 때문이다.

①소주제	인터넷은 매우 교육적이기 때문에 어린이가 인터넷을 사용할 수 있도록 해야 한다. 인터넷에서는 영어나 과학 등 교과는 설명하는 비디오를 찾아볼 수 있다. 수학 문제를 연습하는 온라인 게임을 해볼 수 있다. 어린이가 이러한 교육자료를 활용하려면 인터넷에 접속할 수 있어야 한다.
②뒷받침 근거	
③주장과 연결	

소주제 쓰기를 연습해요

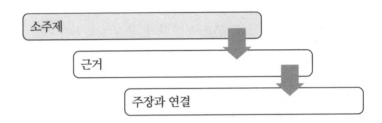

이제 소주제 쓰기부터 시작하여 본론 문단을 쓰는 방법을 배울 거예요. 어렵지 않으니까 차근차근 따라 오세요.

개념 잡기 이것만 알아 두세요

소주제는 본론 문단의 첫 문장이에요. 소주제는 해당 문단에서 다룰 중심 주장을 서술해요. 글 한 편은 하나의 주장을 가지고 있어요. 앞에서 배웠죠? 사실 본론 문단도 따로 떼 놓고 보면 한 편의 글이 될 수 있어요.

첫째, 개요로 돌아가서 주장과 해당 문단에 쓸 이유를 검토해요. 둘째, 이유를 문장에 담아서 완성해요.

예   주장: 동물원 운영을 금지해야 한다.
       이유: 동물을 위한 공간이 충분하지 않다.

주장과 이유는 금방 찾을 수 있죠? 본론 문단의 첫 문장에 들어갈 예상 소주제는 다음과 같이 쓸 수 있어요.

- 동물을 위한 공간이 충분하지 않기 때문에 동물원 운영을 금지해야 한다.
- 동물원에는 동물을 위한 공간이 충분하지 않다.
- 동물을 위한 공간이 부족하다는 점은 동물원 운영을 금지하자는 강력한 이유가 된다.
- 동물이 번성하려면 공간이 필요하다.

자, 이해가 되나요? 대주제의 이유(근거)가 본론 문단에서 소주제가 되고, 이 소주제가 주장을 제시하고 있어요. 그럼 그다음 문장에서 어떤 내용이 나올까요? 주장의 이유(근거)가 나와야겠죠. 본론 문단에서 근거 쓰는 법을 다음 번 글에서 배울 거예요. 지금은 소주제 쓰기를 계속 연습해 봐요.

각 예시에 맞는 소주제를 써 보세요.

대주제	어린이가 인터넷을 사용할 수 있도록 해야 한다. 왜냐하면 인터넷은 교육적이고, 재미있으며, 인터넷에는 가족과 함께 즐길 수 있는 온라인 게임이 많기 때문이다.
주장	
예상 소주제	

대주제	청소년이 커피 마시는 것을 허용해야 한다. 왜냐하면 카페인을 마시면 심혈관 질환 위험이 낮아지고, 각성도와 집중력을 높이며, 커피에는 몸에 좋은 항산화 물질이 들어있기 때문이다.
주장	
예상 소주제	

대주제	학생이 교실에 휴대전화를 가져올 수 있도록 해야 한다. 왜냐하면 정보를 빨리 찾아볼 수 있고, 숙제 알림을 설정할 수 있으며, 교육 애플리케이션을 사용할 수 있기 때문이다.
주장	
예상 소주제	

근거를 조사해서 씁니다

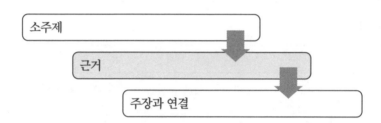

소주제를 쓴 뒤, 소주제에서 주장한 내용을 뒷받침하는 근거를 한 문장에서 세 문장으로 제시해요. 하지만 한 문장이면 근거가 아무래도 약할 거예요. 많이 조사하고 생각해서 세 문장 이상을 쓰는 게 가장 좋습니다.

앞에서 배운 것처럼 인터넷 검색을 잘 활용해 보세요. 검색창에 소주제를 적고 '왜'나 '이유'를 덧붙여 보세요. 그러면 다른 사람들이 생각하는 이유들이 나올 거예요. 여러분이 생각하기에 가장 설득력 있는, 그럴싸한 이유를 찾아서 종이에 메모해 두세요.

첫째, 소주제를 검토합니다. 둘째, 소주제를 뒷받침하는 근거를 찾기 위해 생각하고 조사합니다. 셋째, 근거를 문장으로 완성합니다.

> **예** 소주제: 어린이는 교육 애플리케이션의 도움을 받을 수 있도록 인터넷에 접속할 수 있어야 한다.

이 소주제를 뒷받침할 수 있는 근거는 다음과 같을 거예요.

- 교육 애플리케이션은 여러 어린이에게 알맞은 능동적인 학습 방법을 제공한다.
- 애플리케이션을 사용하면 어린이가 선생님을 기다릴 필요가 없이 시간에 구애받지 않고 공부할 수 있다.
- 교육 애플리케이션을 사용하면 어린이는 자신이 취약한 부분을 추가로 연습할 수 있다.

소주제와 근거를 연결하면 다음과 같습니다. 이제 본론 문단을 거의 다 쓴 거나 다름없어요.

어린이가 교육 애플리케이션의 도움을 받을 수 있도록 인터넷 접속을 허용해야 한다. 교육 애플리케이션은 여러 어린이에게 알맞은 능동적 학습 방법을 제안한다. 또한 어린이는 선생님을 기다릴 필요 없이 시간에 구애받지 않고 공부할 수 있다. 더하여, 교육 애플리케이션을 사용하면, 어린이는 자신이 취약한 부분을 더 연습할 수 있다.

각 소주제에 맞는 근거를 써넣어 보세요.

소주제	제2언어를 배우면 두뇌에 좋다.
근거 조사하기	
근거 문장	

소주제	카페인은 건강에 유익하다.
근거 조사하기	
근거 문장	

소주제	흡연은 건강에 나쁘다.
근거 조사하기	
근거 문장	

소주제	SNS는 정신 건강에 나쁘다.
근거 조사하기	
근거 문장	

근거를 주장과 연결해요

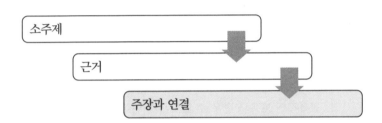

본론 문단의 마지막 단계는 본론 문단을 글의 주장과 연결 짓는 것이에요. 이렇게 해서 이 문단이 글의 한 부분이라는 점을 알려 주는 거죠.

소주제를 글의 주장과 연결하는 것이 요령이에요. 이 일은 전혀 어렵지 않습니다. 왜냐하면 애초에 소주제가 글의 주장에 대한 이유이기 때문이에요. 같은 말을 다른 표현으로 쓴다고 생각하면 편리합니다.

첫째, 글의 주장을 한 번 더 확인합니다. 우리가 지금 연습하고 있는 본론 문단은 글의 주장을 뒷받침하기 위한 것이라는 점을 명심하세요. 둘째, 해당 본론 문단에서 제시한 근거와 글의 주장을 이어주는 문장을 씁니다.

> **예**   주장: 어린이는 인터넷에 접속할 수 있어야 한다.
>
> 이유: 어린이가 교육 애플리케이션을 사용할 수 있다.

근거 문장	교육 애플리케이션을 사용하면 어린이는 자신이 취약한 부분을 추가로 연습하거나 잘하는 부분을 선행학습 할 수 있다.
주장과 연결	교육적인 도움을 받을 수 있도록 어린이는 인터넷에 접속할 수 있어야 한다.

> **예**   주장: 동물원 운영을 금지해야 한다.
>
> 이유: 동물을 위한 공간이 충분하지 않다.

근거 문장	동물원의 많은 동물들이 이상 행동을 보인다. 원래 넓은 초원에서 자라면서 몸에 밴 습성을 실현할 수 없기 때문이다.
주장과 연결	동물이 넓은 공간에서 편안하게 살아갈 수 있도록 동물원 운영을 금지해야 한다.

자, 다음 쪽에서는 연습 문제를 직접 풀어 볼게요. 연습 문제를 풀어 보고 해답을 보면, 본론 문단의 근거를 글의 주장과 어떻게 연결하는지 이해할 수 있을 거예요.

본론 문단을 글의 주장과 연결 짓는 마지막 문장을 써 보세요.

주장	학교에서는 교복을 입어야 한다.
소주제	교복을 입으면 동질감이 생긴다.
근거 문장	학생이 교복을 입으면 외모에 대한 경쟁심이 줄어든다. 학생은 옷이 아니라 그들의 성격 덕분에 빛날 수 있다.
주장과 연결	

주장	대중교통을 무료로 운행해야 한다.
소주제	대중교통을 무료로 운행한다면 길에 다니는 차를 줄일 수 있을 것이다.
근거 문장	지구 온난화는 심각한 문제이다. 만약 대중교통을 무료로 운행한다면 더 많은 사람이 이용할 것이고, 거리에서 차가 없어질 것이다. 기차 한 대가 운행하면 차량 2,000대를 줄일 수 있다.
주장과 연결	

반론 문단은 조금 달라요

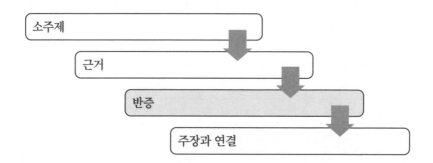

소주제

근거

반증

주장과 연결

본론의 반론 문단에서는 글쓴이의 주장에 반대되는 근거를 제시해요. 글쓴이가 다시 반론에 반박하기도 하고요.

반론 문단은, 글쓴이가 자신의 주장에 대한 반론을 예상하고 쓰는 거예요. '이러이러한 반론이 예상되지만, 이 반론은 잘못되었다'라고 말하는 거죠. 그래서 반론 문단에는 먼저 글의 주장에 반박하는 근거가 제시되어요. 그다음 이 근거에 글쓴이가 다시 반박하는(자신의 주장이 옳다고 옹호하는) 근거가 제시됩니다.

다른 부분은 이미 작성법을 모두 익혔기 때문에, 여기에서는 반증을 작성하는 법만 배워 볼게요. 다음은 '동물원 운영을 금지해야 한다.'라고 주장하는 글의 반론 문단을 보여 주는 예시예요.

①소주제	[①동물원이 멸종위기에 처한 동물을 돕기 때문에 동물원 운영을 금지해서는 안 된다고 주장하는 사람도 있다.] [②검은발족제비와 캘리포니아콘도르, 그리고 다른 위기종들을 멸종 위기에서 구해냈던 종 보존 계획에 많은 동물원이 동참하고 있다.] [③하지만 동물원이 있어야만 보존 계획에 참여할 수 있는 것은 아니며, 이에 참여하지 않는 동물원도 많다.] [④따라서 멸종 위기종을 돕기 위해 동물원이 필요하다는 근거는 설득력이 없다.]
②뒷받침 근거	
③반증	
④주장과 연결	

어때요? ①소주제는 이 글의 주장 '동물원 운영을 금지해야 한다.'에 반대되는 주장을 내놓고 있어요. 즉, 동물원 운영을 허용해야 한다는 거죠. 이어서 ②에서 소주제에 대한 근거를 제시하고 있어요. 글쓴이는 이 근거를 다시 반박해야만 자기 주장을 지킬 수 있겠죠. 그래서 ③에서 소주제의 근거가 완벽하지 않다는 점을 지적해요. 마지막으로 ④에서 소주제를 글 전체의 주장에 연결 지으면서, 소주제가 잘못되었음을 비판합니다.

어때요? 이제 감이 오시나요? 반론 문단은 이렇게 까다롭지만, 잘 쓰기만 한다면 글이 훨씬 더 재밌어지고 설득력 있어져요. 더 좋은 글을 쓰기 위해서 시간을 들여 배울 가치가 충분히 있습니다. 다음에서 연습하기를 풀어 보면서 여러분을 도울게요.

반론 문단의 각 부분을 구분해 보세요.

대주제 비록 카페인이 불면증을 유발하지만, 카페인은 각성도와 집중력을 높이고 몸에 좋은 항산화 성분이 들어 있으므로 청소년이 커피를 마시도록 허용해야 한다.

①소주제	
②뒷받침 근거	커피에는 부정적인 효과가 있다. 특히 카페인은 각성제이기 때문에 불면증을 일으킬 수 있다. 하지만 3시 이전에 커피를 마시면 쉽게 이런 문제를 피할 수 있다. 따라서 불면증이 생길 수 있다고 청소년들이 커피를 마시지 못하게 해서는 안 된다.
③반증	
④주장과 연결	

대주제 인터넷에 위험한 사이트가 있긴 하지만, 인터넷은 교육적이고, 재미있으며, 가족과 함께 즐길 수 있는 온라인 게임이 많기 때문에 어린이가 인터넷을 사용할 수 있도록 해야 한다.

①소주제	
②뒷받침 근거	인터넷에는 위험한 사이트가 많다. 뉴스에서는 문제가 되는 사이트와 위험성을 다루는 기사가 나오기도 한다. 하지만 실제 세상도 위험하기는 마찬가지다. 어린이의 인터넷 사용을 금지하기보다는 우리는 그들이 어느 세상에서나 안전하게 살아갈 방법을 가르쳐 주어야 한다. 인터넷의 위험성은 어린이의 인터넷 사용을 금지할 근거가 되지 못한다.
③반증	
④주장과 연결	

반증 쓰기는 까다로워요

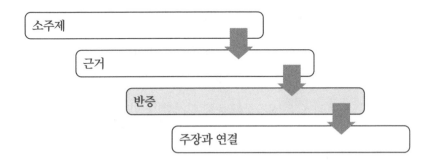

소주제

근거

반증

주장과 연결

개념 잡기 이것만 알아 두세요

반증 부분에서는 반론 문단에서 제시된 근거를 반박합니다.

앞의 글에서 반론 문단의 구성을 자세히 설명하면서, 반증이 하는 역할도 설명했어요. 글쓴이가 반론하는 사람의 주장(소주제)과 근거에 반박하면서 자기 주장을 옹호하는 부분입니다. 평소에 친구들과 다툴 때 '네 주장과 이유가 잘못되었어. 왜냐하면 네가 제시한 이유가 이러이러하기 때문이야.'라고 말하잖아요? 여기서 '네가 제시한 이유가 이러이러하기 때문이야.'가 반증에 해당하는 부분이에요.

　반론 문단에서 제시된 근거가 실제로는 글 전체 주장에 반하지 않는 이유를 쓰면 되어요. 보통 다음 네 가지 방법을 사용하여 반박할 수 있어요.

- 추론은 인정하지만, 그것이 **중요하지 않다고** 주장한다.
- 근거나 추론을 사용하여 반론에서 제시한 **주장을 반박한다**.
- 근거나 추론을 사용하여 제시된 **근거를 반박한다**.
- 반론에서 글의 주장을 반박하며 사용한 **추론을 반박한다**.

반대되는 정보는 다음과 같은 전환구를 통해 암시할 수 있어요.

- 비록, ~에도 불구하고
- 하지만, 그러나, 그렇기는 하지만

아래에서 예시를 살펴볼게요.

　예　　주장: 커피는 건강에 유익하다.

①반론 문단의 소주제	[①커피가 건강에 나쁘다는 증거가 있다.] [②예를 들어, 매일 커피를 네 잔 이상 마시면 일찍 사망할 수 있다.] [③하지만 무엇이든 과하면 건강에 좋지 않다. 커피를 적당히 마시면 건강에 좋다는 것을 보여주는 연구가 많이 있다.] [④사람들은 대부분 커피 몇 잔만 마시므로, 여전히 커피는 건강에 좋다고 할 수 있다.]
②뒷받침 근거	
③반증	
④주장과 연결	

각 문단에서 글의 주장을 뒷받침하는 반증 문장을 작성해 보세요.

주장	학교에서는 교복을 입어야 한다.
반론 문단의 소주제	교복을 사면 가족이 부담하는 추가 비용이 생긴다.
근거	교복은 한 벌에 20만 원 정도이다. 게다가 여전히 평상복도 함께 사야 한다.
반증 문장	

주장	대중교통을 무료로 운행해야 한다.
반론 문단의 소주제	대중교통을 무료로 제공하려면 비용이 엄청나게 늘어난다.
근거	정부는 버스를 확충하고 기사에게 월급을 더 주어야 한다.
반증 문장	

주장	10대에게 SNS 사용을 금지해야 한다.
반론 문단의 소주제	SNS는 사람들을 더 자주 연결되게 한다.
근거	SNS를 이용해 친구들끼리 더 쉽고 간편하게 연락하고 만날 약속을 잡을 수 있다.
반증 문장	

전환구를 이해하고 갈까요?

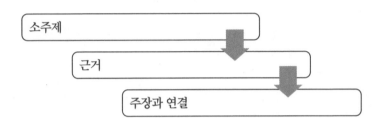

전환구란 앞으로 어떤 내용이 나올지 글의 방향을 알려 주는 말이에요. 주로 본론과 결론에서 쓰여 독자가 글의 흐름을 이해하기 쉽도록 도와줘요. 예를 들어 '첫째'라고 말하면 앞으로 독자에게 몇 가지 정보를 주거나, 여러 단계를 말할 것이라고 알려 주는 거예요. '둘째'나 '그다음은'은 독자가 두 번째 정보를 읽고 있다고 알려 주는 거고요.

예   나는 아이스크림을 좋아한다. 하지만 내가 가장 좋아하는 후식은 파이다.

아래에는 자주 사용하는 전환구 목록이 실려 있어요. 이어지는 연습하기에서 전환구를 사용하는 연습을 해 보세요.

자주 사용하는 전환구 목록

시작	첫째, 우선, 먼저, 일단, 한 가지 예를 들자면
계속	다음으로는, 또한, 계속하자면, 더하여, 게다가, 다른 이유로는, 다른 예로는, 결국
공통점	비슷하게, 같은 방식으로, 게다가, 마찬가지로
차이점	그러나, 하지만, 비록, 다른 한편으로는, 반면에
결과	결과적으로, 따라서, 이러한 이유로, 그러므로
시간	갑자기, 가끔, 자주, ~일 때, ~까지
예	예를 들어, ~을 설명해 보자면
인용	~가 말했듯, ~에 따르면, ~가 말하길
마무리	결과적으로, 요약하자면, 마지막으로, 최종적으로, 결국, 요컨대
뒷받침 문단으로 전환	먼저, 그다음은, 다른 이유는, 한편으로는
반론으로 전환	하지만, 그러나, ~라고도 주장할 수도 있다, 반대로, 반면에, 대조적으로

다음 문단에서 전환구를 모두 찾아 밑줄을 쳐 보세요.

지구상에는 300미터가 넘는 건물이 100채 이상 있다. 하지만 가장 높은 건물은 부르즈 할리파이다. 부르즈 할리파가 놀라운 이유가 몇 가지 있다.

먼저, 건물 높이는 830미터로, 거의 1킬로미터나 된다! 얼마나 높은지 상상할 수 있겠는가?

두 번째로, 부르즈 할리파를 건설하는 데 15억 달러가 들었다. 부르즈 할리파는 2004년에 공사를 시작해서 2009년에 완공했다.

부르즈 할리파 건물은 두바이에 있다. 비록 두바이를 나라라고 생각하는 사람이 많지만, 두바이는 나라가 아니다. 사실 두바이는 아랍에미리트연합국의 일곱 개 에미리트 중 하나다.

게다가 건물 이름도 흥미롭다. 부르즈는 아랍어로 탑이라는 뜻이다. 할리파는 건축 당시 아랍에미리트 대통령의 이름이었다.

부르즈 할리파는 여러 상을 받았다. 가장 높은 레스토랑과 가장 높은 수영장 기록도 경신했다. 게다가 세상에서 가장 높은 전망대도 있다.

요약하자면, 부르즈 할리파는 정말 멋진 건물이다!

선택지 중 올바른 전환구를 골라 보세요.

_____ 날씨가 나빴기 때문에, 제니는 우산을 챙겨왔다.

①왜냐하면   ②게다가   ③단지

_____, 이것이 점심시간이 길어져야 하는 이유다.

①왜냐하면   ②결론적으로   ③자주

탐라는 미술을 좋아한다. _____ 탐라가 가장 좋아하는 과목은 수학이다.

①먼저   ②비록   ③하지만

주방도 청소하고, 숙제도 하고, 방도 정리했다. _____ 엄마는 내가 친구와 놀아도 된다고 허락해 주실 것이다.

①단지   ②그러므로   ③하지만

본론 쓰기를 연습해요

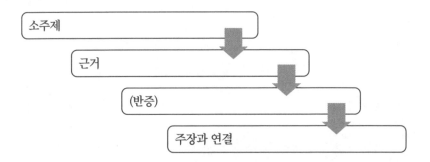

이것만 알아 두세요

이제 개요를 사용하여 본론의 뒷받침 문단과 반론 문단을 쓸 수 있어요.

실전 적용 이렇게 따라 하세요

위 그림을 참고하여 본론 문단 쓰는 법을 연습해 볼게요.

대주제에서 이유 하나를 골라 그 이유를 뒷받침하는 본론 문단을 써 보세요.

대주제 학생이 교실에 휴대전화를 가지고 오도록 허용해서는 안 된다. 왜냐하면 휴대전화 때문에 공부에 집중하기 어려워지고, 다른 학생들이 산만해지며, 선생님까지도 산만해지기 때문이다.

내가 선택한 이유	
소주제	
근거 조사하기	
근거/반증 문장	
주장과 연결	

대주제 비록 청소년들이 흡연을 멋지다고 생각하지만, 흡연은 중독적이고, 건강을 해치며, 비용이 많이 들기 때문에 금지되어야 한다.

내가 선택한 이유	
소주제	
근거 조사하기	
근거/반증 문장	
주장과 연결	

결론이 뭐예요?

> 서론
>> 본론 문단1
>> 본론 문단2
>> 본론 문단3
> 결론

결론은 글의 마지막 문단이에요. 결론을 쓸 때 반드시 지켜야 할 규칙이 한 가지 있어요. 본론에서 말하지 않은 이유나 근거를 결론에 적어서는 안 되어요. 이런 실수는 많은 학생이 글쓰기 과제에서 저지르는 것입니다. 시간은 없고 마음은 급하고, 아쉬운 마음에 본론에 적지 못한 근거를 결론에 적고 급하게 마무리하는 거죠. 이렇게 하면 오히려 글이 더 안 좋아지고 감점을 받아요.

결론 문단은 다음과 같이 두 부분으로 구성되어 있어요.

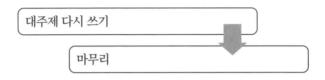

보통 '결론적으로'와 같은 전환구가 삽입되어요. 예를 들면 아래와 같아요.

글의 대주제 흡연을 금지해야 한다. 왜냐하면 흡연은 중독적이고, 건강을 해치며, 비용이 많이 들기 때문이다.

①대주제 다시 쓰기	[①결론적으로 흡연 때문에 죽거나 건강이 나빠지지 않는다고 해도, 흡연을 하면 중독되기 쉽고 돈을 낭비하게 되므로 금지해야 한다.] [②미국에서는 매년 48만 명이 흡연으로 인해 사망한다. 이제 이 문제를 해결해 보자.]
②마무리	

결론은 간단하고 단순한 것 같지만, 가장 실수하기 쉬운 부분이에요. 이어지는 글에서 대주제를 다시 쓰는 방법과 마무리 문장을 추가하는 방법을 배워 볼게요. 자, 거의 다 왔어요!

대주제를 다른 말로 써요

대주제 다시 쓰기

마무리

개념 잡기 이것만 알아 두세요

결론의 첫 문장은 대주제를 다른 말로 바꿔서 쓰는 거예요.

실전 적용 이렇게 따라 하세요

필요하다면 여러 문장으로 써도 좋아요. 87쪽을 보면 두 문장으로 되어 있죠?

대주제	학생이 교실에 휴대전화를 가지고 오도록 허용해서는 안 된다. 왜냐하면 휴대전화 때문에 공부에 집중하기 어려워지고, 다른 학생들이 산만해지며, 선생님까지도 산만해지기 때문이다.
다시 쓴 대주제	

대주제	신선한 과일은 최고의 후식이다. 왜냐하면 영양소가 많고, 맛있으며, 준비하기도 쉽기 때문이다.
다시 쓴 대주제	

대주제	동물원 운영을 금지해야 한다. 왜냐하면 동물은 자기 영역이 필요하고, 다른 동물에게서 병이 전염될 수 있으며, 외로움을 탈 수도 있기 때문이다.
다시 쓴 대주제	

마무리를 쓰는 방법이 있어요

> 대주제 다시 쓰기
>
> → 마무리

글을 마치며 마무리 문장을 써요. 마무리 문장 쓰기가 얼마나 어려운지는 여러분도 잘 알 거라 생각해요. 예전에 글쓰기 숙제를 할 때 마무리를 얼른 쓰고 싶지만, 마음에 드는 문장을 찾지 못해 답답해한 적이 있을 거예요.

정말 많은 학생들이 마무리 문장을 제대로 마치지 못해서 글을 망쳐 버려요. 언젠가 여러분이 글쓰기가 너무너무 익숙해져서 창의적인 마무리 문장을 쓸 수도 있겠지만, 지금은 안전하고 정직한 방법을 따르도록 해요. 자, 다음 쪽을 볼까요?

글을 마무리하는 방법에는 여러 가지가 있어요. 하지만 이 책에서는 아래의 네 가지 방법을 추천해요. 일단 이 네 가지 방법이 익숙해진 다음에, 새로운 방법을 찾아서 공부하기로 해요.

- 미래에 대한 생각을 쓰기
- 행동을 촉구하기
- 내용과 관련된 질문을 던지기
- 개인적인 의견을 더하기

다음 예시는 각 전략이 실제로 문단에서 쓰이는 방법을 보여 줘요.

결론적으로 어린이가 인터넷이 제공하는 많은 장점을 누릴 수 있도록 해야 한다. 이제까지 살펴봤듯이, 인터넷은 재미있고 교육적이며, 가족과 함께 즐길 수 있다. 위험한 요소가 있는 것은 사실이지만, 이런 위험은 쉽게 피할 수 있다.

마무리

- 미래에 어린이가 좋은 시민이 되길 바란다면, 가장 큰 정보 원천에서 어린이를 배제해서는 안 된다.
- 모든 어린이가 인터넷이 제공하는 엄청난 혜택을 올바르게 사용할 수 있도록 돕자.
- 인터넷이 이렇게 많은 혜택을 제공하는데, 이처럼 훌륭한 자원을 제한하는 것이 과연 좋은 생각일까?
- 요약하자면, 인터넷은 적절히 제한되는 한에서 어린이가 사용할 수 있어야 한다.

각 예시에 마무리 문장을 적어 보세요. 예시마다 각기 다른 전략을 사용해 보면 더 좋아요.

대주제	청소년이 커피를 마실 수 있도록 허용해야 한다. 왜냐하면 카페인은 심장병 위험을 낮추고, 각성도와 집중력을 높이며, 커피에는 건강에 좋은 항산화 물질이 들어 있기 때문이다.
마무리	

대주제	학생은 학교에서 제2언어를 배워야 한다. 왜냐하면 그래야 취직에 성공할 확률이 높아지고, 두뇌에 유익하며, 학생들이 다른 문화를 이해하도록 돕기 때문이다.
마무리	

대주제	맛있는 수많은 후식이 있지만, 신선한 과일이 가장 훌륭한 후식이다. 왜냐하면 영양가가 좋고, 맛있으며, 준비하기도 쉽기 때문이다.
마무리	

3장

탈락과 감점을 피하려면

제목, 참고문헌, 퇴고하기

드디어 멋진 글을 쓰기 위한 기본 사항을 모두 익혔어요. 이 장에서는 멋지게 글을 쓰도록 도와줄 마지막 구성 요소를 배울 거예요. 3장에서 배울 내용은 다음과 같아요.

- 제목 짓기
- 참고문헌 표기하기
- 수정과 퇴고

이 요소들은 간단하고 사소해 보이지만 무척 중요해요. 만약 이 요소들을 제대로 지키지 않는다면 글쓰기 과제나 시험에서 점수를 받지 못하고 아예 탈락할 수도 있어요. 아직 끝나지 않았어요!

제목 짓기

이것만 알아 두세요

제목은 이 글이 무엇에 관한 글인지 알려 주는 것이 목적이에요.

실전 적용 이렇게 따라 하세요

좋은 제목을 생각해 내려면, 다음 두 가지를 바꾸어 쓰는 것을 먼저 고려해 보세요.

• 글의 주장, 선생님이 주신 지시문

예를 들어 지시문이 다음과 같다면, 제목은 이렇게 지을 수 있어요.

지시문 전쟁에서 기술이 끼치는 영향을 논의하시오.

제목 전쟁에서 기술의 영향

만약 글의 주장이 다음과 같다면, 제목은 이렇게 지을 수 있어요.

주장 고양이는 개보다 낫다.

제목 고양이와 개, 누가 더 나은가?

각 지시문에 어울리는 예상 제목을 세 개씩 지어 보세요.

지시문	학생이 교실에서 휴대전화를 사용하도록 허용해야 하는가?
예상 제목	

지시문	가장 좋은 아침 식사는 무엇인가?
예상 제목	

지시문	동물원 운영을 금지해야 하는가?
예상 제목	

지시문	부모 세대가 겪었던 어려움과 구분되는 요즘 청소년이 겪는 어려움은 무엇인가?
예상 제목	

참고문헌 표기하기

개념 잡기 이것만 알아 두세요

참고문헌 목록은 글에서 다루었던 모든 책과 기사, 인터넷 자료의 정보 출처를 글 가장 마지막에 기록해 놓은 목록이에요. 참고문헌 목록은 정보의 출처를 독자에게 알려 주기 위해 쓰여요. 독자가 본문에 언급되었던 내용에 대해 더 알고 싶다면 참고문헌을 확인하면 되어요.

실전 적용 이렇게 따라 하세요

참고문헌은 글의 두 부분에서 찾아볼 수 있어요. 글 본문에서 정보나 예시가 언급되는 곳과, 글의 마지막에 붙은 참고문헌 목록이에요. 아래에서는 각 부분에서 참고문헌과 인용을 표시하는 방법을 알아볼게요.

①본문 내 참고문헌

다른 곳에서 가져온 정보나 예시를 언급할 땐 독자에게 그 정보를 어디서 가져 왔는지 알려야 해요. 아래처럼 다양한 방법으로 정보를 표기할 수 있어요.

문장 내에서 언급하기

예 미국 질병통제예방센터에 따르면 매년 미국인 48만 명이 흡연으로 인해 사망

한다.

인용한 정보의 출처와 출판 연도를 문장 마지막에 추가하기

예　미국인 48만 명이 매년 흡연으로 인해 사망한다(미국 질병통제예방센터 2023).

정보 출처는 주로 저자의 이름을 쓰거나, 웹사이트 이름을 축약된 형태로 표기해요.

②참고문헌 목록

글에서 언급했던 모든 정보의 출처는 글 마지막에 실린 참고문헌 목록에도 언급되어야 해요. 이 목록은 실제로 해당 출처를 찾는 방법을 세부적으로 알려 줘요. 만약 선생님이 형식을 언급하지 않았다면, 아래를 참고하여 한 가지 형식을 유지하세요.

일반적인 책 표기 형식

저자의 성과 이름.『제목』. 출판사, 출판 연도.

예　제이 매튜스.『미국 영재들의 글쓰기 비법』. 유노라이프, 2024.

일반적인 인터넷 자료 표기 형식

예　저자의 이름. "기사/페이지/영상의 제목". 웹사이트 제목, 게시 연도. 웹사이트 주소.

인터넷 자료에 저자명이 표기되어 있지 않다면, 페이지 제목부터 표기해요.

예　"인용 스타일과 도구들". 워싱턴대학교 도서관, 2020.
https://guides.lib.uw.edu/c.php?g=341448&p=4076094

퇴고가 뭐예요?

초고를 마치고 나면, 시간을 내어 글을 퇴고하고 수정하는 것이 정말 중요해요. 수정하는 데 잠깐만 시간을 들여도 평균 점수에서 우수한 점수로 뛰어오를 수 있어요.

먼저 이 책 5장의 퇴고 확인 목록을 확인해 보세요.

퇴고는 세 가지 단계로 구성되어요. 첫째, 첫 단계는 글에 필요한 모든 구조가 있는지 살펴보는 과정이에요. 이를 통해 이해하기 쉬운 탄탄한 구조의 글을 썼는지 확인해요. 글의 구조에는 첫 문장, 대주제, 서론, 본론, 결론 등이 있어요.

둘째, 글의 구조가 탄탄하게 짜였다면 이제 문체를 수정해요. 이 단계에는 모호한 단어 대신 분명한 단어를 선택하고, 전환구를 제대로 썼는지 확인하는 등의 과정이 포함되어요.

셋째, 끝으로 맞춤법이나 문법 등 기계적 요소에 집중하며 최종 확인해요.

실제로 글을 다 쓰고 나면 퇴고 확인 목록을 사용하여 각 단계를 확인하고 수정해 보세요.

요약과 연습

이 책에서 공부해야 할 내용을 모두 배웠어요. 축하해요!

4장에는 글을 쓸 때 편리하게 참고할 수 있는 요약 노트를 실었어요. 글쓰기 계획과 작성하기의 필수 단계를 기억할 때 활용하세요.

여기에 더해서 실제로 글을 쓸 때 사용할 수 있는 연습지를 실었어요. 순서에 맞게 저절로 쓸 수 있을 때까지 이 연습지를 사용하기를 추천해요. 글을 쓸 때 옆에 두고 보면 도움이 될 거예요. 복사해서 가지고 다녀도 좋아요.

마지막으로 실전 연습이 있어요. 이 책에서 배운 모든 내용이 실제로 어떻게 사용되는지 확인할 수 있어요. 반드시 보고 복습하세요!

요약 노트

양식 글쓰기 계획의 기본 개념

계획하기

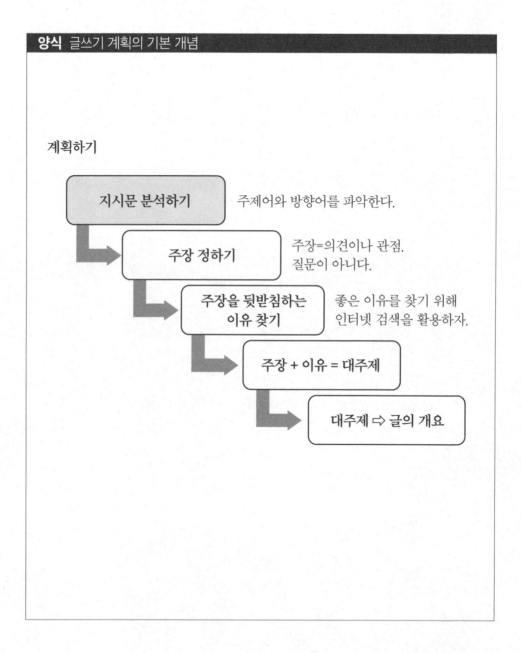

지시문 분석하기	주제어와 방향어를 파악한다.
주장 정하기	주장=의견이나 관점. 질문이 아니다.
주장을 뒷받침하는 이유 찾기	좋은 이유를 찾기 위해 인터넷 검색을 활용하자.
주장 + 이유 = 대주제	
대주제 ⇨ 글의 개요	

작성하기

서론 문단

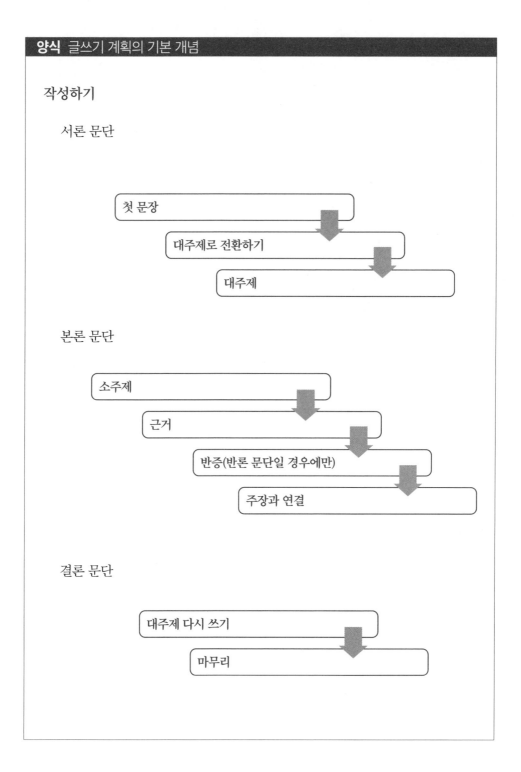

첫 문장

대주제로 전환하기

대주제

본론 문단

소주제

근거

반증(반론 문단일 경우에만)

주장과 연결

결론 문단

대주제 다시 쓰기

마무리

지시문	
주장	
이유 세 가지	
대주제	

서론	
본론 문단1	
본론 문단2	
본론 문단3	
결론	

서론 문단

첫 문장	
대주제로 전환	
대주제	

양식 글쓰기 따라하기

본론 문단 1

소주제	
근거나 반증	
주장과 연결	

본론 문단 2

소주제	
근거나 반증	
주장과 연결	

본론 문단 3

소주제	
근거나 반증	
주장과 연결	

결론

대주제 다시 쓰기	
마무리	

아래에는 설명이 없는 원본과 해설이 실려 있어요. 원본을 먼저 보면서 지금까지 배운 내용을 적용해 보세요.

먼저 서론에서는 첫 문장, 전환 문장, 대주제를 찾아야 해요.

본론에서는 소주제, 뒷받침 근거, 주장과 연결하는 문장을 찾아야 해요.

마지막 문단인 결론에서는 대주제 다시 쓰기, 마무리를 찾아야 해요.

해답을 확인하려면 해설을 확인하세요.

좋은 반려동물을 고르는 방법

2021년과 2022년 미국 반려동물용품협회에서 시행한 전국 반려동물 소유자 조사에 따르면, 미국 가정의 70퍼센트, 즉 9050만 가구가 반려동물을 소유하고 있다. 비록 모든 가정은 상황이 다르지만, 반려동물을 고를 때 고려해야 할 세 가지 주요 특징이 있다. 바로 가족의 생활 습관과 반려동물의 기질, 예상 지출이다.

가족의 생활 습관과 특정 반려동물이 잘 맞는지 살펴보는 것은 반려동물을 고를 때 가장 먼저 고려할 요소이다. 키우는 데 드는 시간과 자원이 가족과 잘 맞고, 생활 방식도 잘 어울리는 반려동물은 행복하게 성장하며 가족의 일원으로 잘 적응할 가능성이 높다. 예를 들어 기운이 넘치는 종은 일하는 시간이 길어서 운동을 시킬 시간이 충분하지 않은 주인과 잘 어울리지 않을 수 있다. 이런 상황에서는 느긋한 종이 더 나을 수 있다. 더하여 어떤 반려동물은 알레르기 반응을 일으킬 수 있으므로 주인이나 다른 가족에게 있을 수 있는 알레르기를 고려해야 한다. 가족의 생활 방식과 환경에 잘 어울리는 반려동물을 고르기 위해 시간을 들인다면 반려동물이 가족과 함께 잘 지낼 수 있을지 알아보는 데 도움이 될 것이다.

반려동물을 고를 때 동물의 기질은 그다음 고려 사항이다. 예를 들어 어린아이가 있는 가족에게는 온순하고 차분한 반려동물이 잘 어울리겠지만, 활동적인 주인에게는 기운이 넘치고 장난기 많은 반려동물이 더 좋을 수 있다. 품종에 따른 동물의 기질을 고려하는 것도 중요하다. 예를 들어 특히 에너지가 넘치고 자주 짖는 강아지 품종이 있는 반면, 특히 독립적이고 혼자 있기를 좋아하는 고양이 품종도 있다. 각 반려동물의 기질을 이해하면 가족과 잘 어울릴지 확인하는 데 도움이 된다.

반려동물을 선택할 때 고려해야 하는 세 번째 요소는 수반되는 비용이다. 반려동물을 소유하는 데 드는 비용은 반려동물의 종류와 반려동물에게 구체적으로 무엇이 필요한지에 따라 크게 달라질 수 있다. 공통 비용에는 음식 비용, 의료비, 필수 용품비, 교육비, 미용비 등이 포함된다. 반려동물을 선택하기 전에 해당 종과 연령에 따라 일반적으로 들어가는 비용을 고려해야 한다. 가족과 잘 맞는 반려동물이 경제 상황을 더 어렵게 만들어서는 안 된다.

결론적으로 반려동물을 키우는 것은 성취감과 보람을 느낄 수 있는 경험이지만, 반려동물을 데려오기 전에 가족의 생활 습관과 동물의 기질, 예상되는 비용을 먼저 고려해야 한다. 결정할 때 이 세 가지 요소를 고려한다면, 당신의 가족과 잘 맞는 멋진 반려동물을 분명히 만날 수 있을 것이다.

참고문헌

「반려동물 산업 시장 크기, 추세, 소유 현황 통계」. 2022. 미국 반려동물용품협회.

https://www.americanpetproducts.org/press_industrytrends.asp

실전 연습(해설)

좋은 반려동물을 고르는 방법

[**첫 문장:** 2021년과 2022년 미국 반려동물용품 협회에서 시행한 전국 반려동물 소유자 조사에 따르면, 미국 가정의 70퍼센트, 즉 9050만 가구가 반려동물을 소유하고 있다.] [**대주제로 전환:** 비록 모든 가정은 상황이 다르지만,] [**대주제:** 반려동물을 고를 때 고려해야 할 세 가지 주요 특징이 있다. 바로 가족의 생활 습관과 반려동물의 기질, 예상 지출이다.]

[**전환하기와 소주제:** 가족의 생활 습관과 특정 반려동물이 잘 맞는지 살펴보는 것은 반려동물을 고를 때 가장 먼저 고려할 요소이다. 키우는 데 드는 시간과 자원이 가족과 잘 맞고, 생활 방식도 잘 어울리는 반려동물은 행복하게 성장하며 가족의 일원으로 잘 적응할 가능성이 높다.] [**뒷받침 근거:** 예를 들어 기운이 넘치는 품종은 일하는 시간이 길어서 운동을 시킬 시간이 충분하지 않은 주인과 잘 어울리지 않을 수 있다. 이런 상황에서는 느긋한 종이 더 나을 수 있다. 더하여 어떤 반려동물은 알레르기 반응을 일으킬 수 있으므로, 주인이나 다른 가족에게 있을 수 있는 알레르기를 고려해야 한다.] [**주장과 연결:** 가족의 생활 방식과 환경에 잘 어울리는 반려동물을 고르기 위해 시간을 들인다면 반려동물이 가족과 함께 잘 지낼 수 있을지 알아보는 데 도움이 될 것이다.]

[**전환하기와 소주제:** 반려동물을 고를 때 동물의 기질은 그다음 고려 사항이다.] [**뒷받침 근거:** 예를 들어 어린아이가 있는 가족에게는 온순하고 차분한 반려동물이 잘 어울리겠지만, 활동적인 주인에게는 기운이 넘치고 장난기

많은 반려동물이 더 좋을 수 있다. 품종에 따른 동물의 기질을 고려하는 것도 중요하다. 예를 들어 특히 에너지가 넘치고 자주 짖는 강아지 품종이 있는 반면, 특히 독립적이고 혼자 있기를 좋아하는 고양이 품종도 있다.] [**주장과 연결**: 각 반려동물의 기질을 이해하면 가족과 잘 어울릴지 확인하는 데 도움이 된다.]

[**전환하기와 소주제**: 반려동물을 선택할 때 고려해야 하는 세 번째 요소는 수반되는 비용이다.] [**뒷받침 근거**: 반려동물을 소유하는 데 드는 비용은 반려동물의 종류와 반려동물에게 구체적으로 무엇이 필요한지에 따라 크게 달라질 수 있다. 공통 비용에는 음식 비용, 의료비, 필수 용품비, 교육비, 미용비 등이 포함된다. 반려동물을 선택하기 전에 해당 종과 연령에 따라 일반적으로 들어가는 비용을 고려해야 한다.] [**주장과 연결**: 가족과 잘 맞는 반려동물은 경제 상황을 더 어렵게 만들어서는 안 된다.]

[**전환하기와 대주제 다시 쓰기**: 결론적으로 반려동물을 키우는 것은 성취감과 보람을 느낄 수 있는 경험이지만, 반려동물을 데려오기 전에 가족의 생활 습관과 동물의 기질, 그리고 예상되는 비용을 먼저 고려해야 한다.] [**마무리**: 결정할 때 이 세 가지 요소를 고려한다면, 당신의 가족과 잘 맞는 멋진 반려동물을 분명히 만날 수 있을 것이다.]

참고문헌

「반려동물 산업 시장 크기, 추세, 소유 현황 통계」. 2022. 미국 반려동물용품 협회.

https://www.americanpetproducts.org/press_industrytrends.asp

5장

퇴고 목록 정복하기

□ 구조 확인하기
□ 문체 확인하기
□ 기계적 요소 확인하기

퇴고는 다 쓴 글을 다시 읽으면서 고치는 일을 의미해요. 전문 작가들마저 퇴고는 힘들고 귀찮습니다. 하지만 퇴고를 하면 할수록 글은 눈에 띄게 좋아져요. 평범한 글이 좋은 글이 되고 탁월한 글이 될 수 있어요.

부록에서는 실제로 글을 퇴고할 때 무엇을 어떻게 고쳐야 하는지를 정리했어요. 순서대로 보면서 체크리스트를 완성하면 되어요. 이 목록을 복사해서 가지고 다녀도 좋을 거예요.

퇴고의 단계1 - 구조

전체 구조

☐ 서론 문단이 하나 있다.

☐ 본론 문단이 둘 이상 있다.

☐ 결론 문단이 하나 있다.

☐ 제목이 있다.

☐ 참고문헌과 인용이 포함되어 있다.

서론

첫 문장

☐ 흥미를 끄는 첫 문장이 있다.

☐ 첫 문장이 명확하며 모호한 단어가 없다.

대주제

☐ 서론 단락에 강력한 대주제가 있다.

☐ 대주제는 글의 질문에 대한 직접적인 답이다.

연결 부분

☐ 흥미로운 사실과 글의 주장을 연결하는 문장이나 전환구가 포함되어 있다.

본론 단락

☐ 본론 문단에 소주제가 있다.

☐ 본론 문단에 소주제를 뒷받침하거나 예시하는 세부 사항이 포함되어 있다.

☐ 문단에 마무리 문장이 있다.

☐ 마무리 문장은 세부 사항이 글의 주장을 어떻게 뒷받침하는지 설명한다.

☐ 각 본론 문단은 글의 주장을 뒷받침하는 뒷받침 문단이거나 반론 문단이다.

☐ 추가 근거나 논리를 제시하여 각 문단을 반박한다.

결론 단락

☐ 결론 문단에서는 글의 주장을 다른 말로 바꾸어 반복한다.

☐ 결론 문단에서는 근거를 요약한다.

☐ 독자에게 마지막으로 하고 싶은 말이나 생각할 거리를 남기며 결론 문단을 끝낸다.

퇴고의 단계2 - 문체

'~에 대한'

☐ '이 글은 ~에 대한 글이다', '이 단락은 ~에 관한 단락이다'처럼 '~에 대한' 이라는 말을 쓰지 않으려고 노력한다.

모호한 단어

☐ '크다', '작다'처럼 애매한 단어를 더욱 구체적인 단어로 바꾼다.

☐ 적절한 자리에서는 '것', '이것', '그곳'처럼 모호한 단어를 더 구체적인 단어로 바꾼다.

지루하거나 설득력 없는 단어

☐ 흔히 쓰이거나 설득력 없는 단어를 더 생생한 단어로 바꾼다. 예를 들면 '너무' 같은 단어에 주의하자.

불필요한 단어

☐ '진짜', '매우', '그저'처럼 불필요한 단어는 지운다.

전환

☐ 독자에게 글의 방향을 안내하는 전환구를 단락 사이에 넣는다.

☐ 필요할 땐 문장 사이에도 전환구를 넣는다.

완성된 문장

☐ 글에 완성되지 않은 문장이 없다.

속어, 은어, 반말

☐ 부적절한 속어나 은어, 반말을 삭제했다.

편견이 있거나 공격적인 말

☐ 차별적인 말 등 편견에서 비롯된 말이 쓰였는지 검토했다.

퇴고의 단계3 - 기계적 요소

구두법

☐ 문장 부호가 적절하다.

☐ 숫자와 날짜가 서식에 맞게 쓰여 있다.

글씨체

☐ 산만하지 않은 글씨체를 쓴다. 글씨체는 단순할수록 좋다.

☐ 글씨가 적절한 크기이다. 12포인트 정도면 괜찮다.

맞춤법과 문법

☐ 문법이 틀리지 않았는지 확인했다.

☐ 맞춤법을 확인했다.

마지막 서식 설정

☐ 글쓴이의 이름을 쓴다.

☐ 파일명이 적절하고 맞춤법도 정확하다.

☐ 과제에서 지정한 글자 수 지침에 맞는다.

☐ 마지막으로 글을 소리 내 읽으며 오류를 찾아낸다.

해답

이 장에는 책에서 공부했던 연습 문제의 해답이 실려 있어요. **자신이 작성한 답과
다르더라도 걱정하지 말아요. 대부분의 연습 문제는 여러 가지 해답이 있어요!**

18쪽

지시문	주제어	방향어
오늘날 학생들이 겪는 가장 큰 어려움은 무엇인가?	오늘날 학생들이 겪는 가장 큰 어려움	무엇인가?: 이유를 들어 설명하라는 뜻이다.
교복의 장단점은 무엇인가?	교복	장단점은 무엇인가?
서로 다른 두 취미를 비교하고 대조하시오.	서로 다른 두 취미	비교하고 대조하시오
고등학교를 왜 졸업해야 하는가?	고등학교 졸업	왜: 이유를 들어 설명하라는 뜻이다.

19쪽

…의 이점은 무엇인가? ⇨	…의 긍정적인 면을 서술하시오.
비교, 대조하시오 ⇨	공통점과 차이점을 서술하시오
…의 단점은 무엇인가? ⇨	…의 부정적인 면을 서술하시오.
…의 긍정적인 면과 부정적인 면은 무엇인가? ⇨	…의 장점과 단점을 서술하시오.
…가 얼마나 중요한가? ⇨	…가 중요한 이유를 서술하시오.

22쪽

지시문	강력한 주장은 어떤 것인가?
오늘날 부모가 겪는 큰 어려움은 무엇인가?	영상 시청 시간을 정하는 것은 부모가 겪는 가장 큰 어려움이다.
동물원 운영을 금지해야 하는가?	동물원 운영을 금지해서는 안 된다.
휴대전화를 갖기에 적당한 나이는 몇 살인가?	어린이는 청소년이 되기 전에 휴대전화를 가져야 한다.

23쪽

지시문	주장
악기를 배우면 좋은 점은 무엇인가?	• 악기를 배우면 좋은 점이 많다. • 악기를 배우면 단점보다는 장점이 더 많다.
학교 급식의 장단점은 무엇인가?	• 학교 급식에는 장단점이 모두 있다. • 학교 급식에는 단점보다 장점이 더 많다. • 학교 급식에는 장점보다 단점이 더 많다.
두 가지 스포츠를 비교, 대조하라.	• 농구와 축구는 공통점과 차이점을 모두 갖고 있다. • 농구와 축구는 차이점보다는 공통점이 더 많다. • 농구와 축구에는 공통점이 거의 없다.
왜 열심히 공부해야 하는가?	• 공부를 열심히 해야 좋은 몇 가지 이유가 있다. • 공부를 열심히 해서 좋을 이유는 없다.
좋은 취미의 조건은 무엇인가?	• 좋은 취미의 주요 요건에는 세 가지가 있다. • 좋은 취미에는 네 가지 특징이 있다.

26쪽

주장	이유	주장과 관련이 있는가?
땅콩버터 샌드위치는 훌륭한 점심 식사이다.	땅콩버터 샌드위치는 영양가가 높다.	네
인터넷은 일상을 바꾸어 놓았다.	이제 도서관에 가지 않고도 정보 접근이 가능하다.	네
인터넷은 일상을 바꾸어 놓았다.	인터넷 속도가 느릴 수도 있다.	아니오
기후 변화는 심각한 문제이다.	폭염이 늘고 있다.	네
기후 변화는 심각한 문제이다.	기후 변화는 화석 연료 때문에 생겨난다.	아니오
신선한 과일이 가장 좋은 후식이다.	내가 가장 좋아하는 과일은 사과다.	아니오

신선한 과일이 가장 좋은 후식이다.	과일에는 영양소가 다양하게 있다.	네
학교는 7시에 시작해야 한다.	오후에 운동할 시간이 많아질 것이다.	네
학교는 7시에 시작해야 한다.	나는 학교 가까이에 산다.	아니오
오늘 체육 시간에 축구를 해야 한다.	인원이 딱 맞기 때문이다.	네
오늘 체육 시간에 축구를 해야 한다.	축구공이 농구공보다 멋있다.	아니오

28쪽

주장	예상 이유
학급당 학생 수가 10명 이상이어서는 안 된다.	①학생이 수업에 참여할 기회가 더 많이 주어진다. ②선생님이 학생 개개인과 더 시간을 많이 보낼 수 있다. ③학급 규모가 작을 때 성적이 더 좋다.
청소년은 숙제하는 대가로 돈을 받아야 한다.	①만약 돈이 개입되면 청소년은 더 학업에 집중할 것이다. ②청소년은 돈을 더 벌기 위해서 숙제를 더 많이 할 것이다. ③청소년은 돈을 벌면서 보상받는 기쁨을 배우게 된다.

29쪽

주장	예상 이유
학교에서 숙제를 내주어선 안 된다.	찬성: ①저소득 가정에서는 숙제에 필요한 용품을 준비하기 어렵거나, 컴퓨터나 인터넷을 사용하지 못할 수도 있다. ②수업 시간 이외에는 더 앉아 있기보다는 활동하도록 학생들을 장려해야 한다. 반대: ①숙제를 하면 시간 관리법을 배우게 된다. ②숙제를 통해 학생들이 수업 내용을 얼마나 이해했는지 선생님이 파악할 수 있다.

32쪽

주장	대주제
청소년이 아르바이트를 하는 것은 좋은 생각이다.	청소년이 아르바이트를 하는 것은 좋은 생각이다. 왜냐하면 경력을 쌓을 수 있고, 사회 경험을 해볼 수 있으며, 돈도 벌 수 있기 때문이다.
인터넷은 일상을 바꾸어 놓았다.	인터넷은 일상을 크게 바꾸었다. 예를 들어 이제 종이 지도 대신 지피에스를 사용하고, 도서관에 가지 않고도 정보를 찾아볼 수 있으며, 친구들과 더 쉽게 연락할 수 있다,

33쪽

대주제	문제	다시 쓰기
대학 진학은 좋은 직업을 얻기 위한 훌륭한 수단이다.	주장만 있고 근거가 없다.	대학 진학은 좋은 직업을 얻기 위한 훌륭한 수단이다. 왜냐하면 많은 직업이 학위를 요구하고, 이런 직업이 보수가 좋은 경우가 더 많으며, 대학은 좋은 직업을 구하기 위한 인맥을 만들기에 적절한 장소이기 때문이다.
이 글은 인터넷과 인터넷의 악영향에 관한 것이다.	주장이 모호하고 근거가 없다.	인터넷은 아이들에게 악영향을 미칠 수 있다. 왜냐하면 인터넷에는 부적절한 정보가 존재하고, 사이버 폭력이 일어나며, 인터넷을 너무 많이 사용하면 자존감이 낮아질 수 있기 때문이다.
환경오염은 심각한 문제이다.	주장이 모호하고 근거가 없다.	우리나라에서 환경 오염은 심각한 문제이다. 왜냐하면 환경이 오염되면 사람들의 건강에 영향을 끼치고, 깨끗한 물을 마시기 어려워지며, 농작물이 죽을 수도 있기 때문이다.

36쪽

지시문	가장 좋아하는 영화는 무엇인가? 그 이유를 설명하시오.
주장	내가 가장 좋아하는 영화는 《업》이다.
이유	①귀여운 등장인물 ②흥미진진한 줄거리 ③감동적인 결말
대주제	내가 가장 좋아하는 영화는 《업》이다. 왜냐하면 등장인물이 귀엽고, 줄거리가 흥미진진하며, 결말도 감동적이기 때문이다.

37쪽

지시문	학급당 학생 수가 중요한가?
주장	학급당 학생 수는 중요하다.
이유	①학생의 참여도에 영향을 미친다. ②학생의 학습에 영향을 미친다. ③공동체 의식에 영향을 미친다.
대주제	학급 당 학생 수는 중요하다. 왜냐하면 학생의 참여도와 학습, 공동체 의식에 영향을 미치기 때문이다.

지시문	대학 교육의 장단점은 무엇인가?
주장	대학 교육을 받는 것은 좋은 생각이다.
이유	①보수가 더 나은 직업을 택할 수 있다. ②더 만족스러운 직업을 택할 수 있다. ③학비가 비쌀 수 있다.
대주제	비록 대학 학비가 비싸지만, 대학 교육을 받는 것은 좋은 생각이다. 왜냐하면 더 만족스럽고 보수가 높은 직업을 택할 수 있기 때문이다.

지시문	사회관계망 서비스의 장단점은 무엇인가?
주장	사회관계망 서비스는 대체로 유익하다.
이유	①시민의 책임과 참여를 높인다. ②다양성을 권장한다. ③하지만 사이버 폭력이 발생할 수 있다.
대주제	비록 사회관계망 서비스에서 사이버 폭력이 발생할 수 있지만, 전반적으로 사회관계망 서비스는 긍정적인 영향을 미친다. 왜냐하면 시민의 책임과 참여를 높이고, 다양성을 권장하며, 사람들이 관계를 맺는 것을 도와주기 때문이다.

40쪽

대주제: 학교에서는 교복을 입는 것이 바람직하다. 왜냐하면 교복은 저렴하고, 교복을 입으면 등교 준비가 쉬워지며, 소속감을 키우기 때문이다.

서론: 교복을 입는 것은 바람직한 선택이다. 왜냐하면 교복은 저렴하고, 교복을 입으면 등교 준비가 쉬워지며, 소속감을 키우기 때문이다.

> **본론 문단 1:** 교복이 얼마나 저렴한지 쓰고, 그래서 왜 교복을 입는 것이 바람직한지 쓴다.

> **본론 문단 2:** 교복을 입으면 왜 등교 준비가 쉬워지는지 쓰고, 그래서 왜 교복을 입는 것이 바람직한지 쓴다.

> **본론 문단 3:** 교복이 어떻게 소속감을 키우는지 쓰고, 그래서 왜 교복을 입는 것이 바람직한지 쓴다.

결론: 교복은 저렴하고, 교복을 입으면 등교 준비가 쉬워지며, 소속감을 키우기 때문에 교복을 입는 것은 어느 학교에서나 바람직한 선택이다.

대주제: 학생들에게 숙제를 내주어서는 안 된다. 왜냐하면 숙제를 하면 시간이 너무 오래 걸리고, 가족과 보내는 시간이 줄어들며, 성적이 오르지도 않기 때문이다.

서론: 학생들에게 숙제를 내주어서는 안된다. 왜냐하면 숙제를 하면 시간이 너무 오래 걸리고, 가족과 보내는 시간이 줄어들며, 성적이 오르지도 않기 때문이다.

> **본론 문단 1:** 숙제를 하면 왜 시간이 너무 오래 걸리는지 쓰고, 그래서 왜 숙제를 내주어서는 안되는지 쓴다.

> **본론 문단 2:** 숙제를 하면 어떻게 가족과 보내는 시간이 줄어드는지 쓰고, 그래서 왜 숙제를 내주어서는 안 되는지 쓴다.

본론 문단 3: 숙제를 한다고 왜 성적이 오르지 않는지 쓰고, 그래서 왜 숙제를 내주어서는 안 되는지 쓴다.

결론: 숙제를 하는 데 시간이 너무 오래 걸리고, 가족과 보내는 시간이 줄어들며, 성적이 오르지도 않기 때문에, 모든 학교에서 숙제를 금지해야 한다.

대주제: 비록 학급당 학생 수가 적으면 운영비가 비싸지지만, 학생 수가 적은 것이 더 낫다. 왜냐하면 학생들이 도움을 더 많이 받을 수 있고, 또래 학생과 더 가깝게 지낼 수 있기 때문이다.

서론: 비록 학급당 학생 수가 적으면 운영비가 비싸지지만, 학생 수가 적은 것이 더 낫다. 왜냐하면 학생들이 도움을 더 많이 받을 수 있고, 또래 학생과 더 가깝게 지낼 수 있기 때문이다.

본론 문단 1: 학생들이 왜 학생 수가 적은 교실에서 도움을 더 많이 받는지 쓰고, 그래서 왜 학생 수가 적어야 하는지 쓴다.

본론 문단 2: 학생 수가 적으면 어떻게 또래 학생과 더 가까워지게 되는지 쓰고, 그래서 왜 학생 수가 적어야 하는지 쓴다.

본론 문단 3: 학생 수가 적으면 왜 운영비가 비싸지는지 쓴다. 그리고 왜 그것이 문제가 되지 않으며, 따라서 학생 수가 적은 것이 가장 나은 선택인지 쓴다.

결론: 비록 학급당 학생 수가 적으면 운영비가 비싸지지만. 학생들이 더 많은 도움을 받을 수 있고, 또래 친구들과 더 가깝게 지낼 수 있기 때문에 학생 수가 적은 것이 더 낫다.

대주제: 학생이 교실에 휴대전화를 가지고 오지 못하도록 해야 한다. 왜냐하면 휴대전화 때문에 공부에 집중하기 어려워지고, 다른 학생들이 산만해지며, 선생님까지도 산만해지기 때문이다.

서론: 학생이 교실에 휴대전화를 가지고 오지 못하도록 해야 한다. 왜냐하면 휴대전화 때문에 공부에 집중하기 어려워지고, 다른 학생들이 산만해지며, 선생님까지도 산만해지기 때문이다.

본론 문단 1: 휴대전화를 가져오면 왜 공부에 집중하기 어려워지는지 쓰고, 그래서 왜 교실에서 휴대전화를 금지해야 하는지 쓴다.

본론 문단 2: 휴대전화가 어떻게 다른 학생을 산만하게 만드는지 쓰고, 그래서 왜 교실에서 휴대전화를 금지해야 하는지 쓴다.

본론 문단 3: 휴대전화가 어떻게 선생님을 산만하게 만드는지 쓰고, 그래서 왜 교실에서 휴대전화를 금지해야 하는지 쓴다.

결론: 휴대전화를 가져오면 공부에 방해가 되고, 다른 학생들이 산만해지며, 선생님도 산만해지므로, 교실에서 휴대전화를 금지해야 한다.

대주제: 학생이 교실에 휴대전화를 가져올 수 있도록 해야 한다. 왜냐하면 정보를 빨리 찾아볼 수 있고, 숙제 알림을 설정할 수 있으며, 교육 애플리케이션도 사용할 수 있기 때문이다.

서론: 학생이 교실에 휴대전화를 가져올 수 있도록 해야 한다. 왜냐하면 정보를 빨리 찾아볼 수 있고, 숙제 알림을 설정할 수 있으며, 교육 애플리케이션도 사용할 수 있기 때문이다.

본론 문단 1: 학생이 어떻게 정보를 찾아볼 수 있는지 쓰고, 그래서 왜 교실에서 휴대전화 사용을 허용해야 하는지 쓴다.

본론 문단 2: 학생이 어떻게 숙제 알림을 설정할 수 있는지 쓰고, 그래서 왜 교실에서 휴대전화 사용을 허용해야 하는지 쓴다.

본론 문단 3: 학생이 어떻게 교육 애플리케이션을 사용할 수 있는지 쓰고, 그래서 왜 교실에서 휴대전화 사용을 허용해야 하는지 쓴다.

결론: 학생이 정보를 빠르게 찾아볼 수 있고, 숙제 알림을 설정할 수 있으며, 교육 애플리케이션을 사용할 수 있기 때문에 교실에 휴대전화를 가져올 수 있도록 해야 한다.

44쪽

지시문	학생이 학교에 화장하고 오는 것을 허용해야 할까?
주장	학생이 학교에 화장하고 오는 것을 허용해야 한다.
세 가지 이유	①자기표현의 수단이다. ②자신감을 높인다. ③건강상 이유
대주제	학생이 학교에 화장하고 오는 것을 허용해야 한다. 왜냐하면 화장은 자기표현의 수단이고, 자신감을 높이는 데 도움을 주며, 건강상 이유로 화장이 필요한 학생이 있을 수 있기 때문이다.

개요

서론: 학생이 학교에 화장을 하고 오는 것을 허용해야 한다. 왜냐하면 화장은 자기표현의 수단이고, 자신감을 높이도록 도와주며, 건강상 이유로 화장을 해야하는 학생이 있을 수 있기 때문이다.

본론 문단 1: 화장을 하면 어떻게 자신을 표현할 수 있는지 설명하고, 왜 그것이 바람직한지 쓴다.

본론 문단 2: 화장을 하면 어떻게 자신감이 높아지는지 설명하고, 그래서 왜 학교에 화장을 하고 오는 것을 허용해야 하는지 쓴다.

본론 문단 3: 왜 어떤 학생은 건강상 이유로 화장을 해야하는지 설명하고, 그래서 왜 학교에 화장을 하고 오는 것을 허용해야 하는지 쓴다.

결론: 화장을 하는 것은 자기표현의 수단이며, 자신감을 높이도록 도와주고, 건강상 이유로 화장을 해야하는 학생이 있을 수 있다. 이러한 이유로 학생이 학교에 화장을 하고 오는 것을 허용해야 한다.

지시문	교사가 놀이 수업을 하면 어떤 장단점이 있는가?

주장	놀이 수업엔 장단점이 있다.

장점	①수업 참여도가 높아진다. ②협동 능력을 키운다.	단점	①게임으로 설명하기엔 너무 복잡한 주제도 있다. ②시간이 오래 걸린다.
대주제	교사는 언제 놀이 수업을 할지 스스로 결정해야 한다. 왜냐하면 놀이 수업은 수업 참여도를 높이고 협동성을 기르지만, 모든 주제에 적합하지는 않으며 수업 내용을 직접 가르칠 때보다 시간이 더 오래 걸리기 때문이다.		

개요

서론: 교사는 언제 놀이 수업을 할지 스스로 결정해야 한다. 왜냐하면 놀이 수업은 참여도를 높이고 협동성을 기르지만, 모든 주제에 적합하지는 않으며 수업 내용을 직접 가르치는 것보다 시간이 더 오래 걸리기 때문이다.

본론 문단 1: 어떻게 놀이 수업이 참여도를 높이는지 설명하고, 그래서 왜 교사가 수업에 놀이를 활용해야 하는지 쓴다.

본론 문단 2: 어떻게 놀이 수업이 협동성을 기르는지 설명하고, 그래서 왜 교사가 수업에 놀이를 활용해야 하는지 쓴다.

본론 문단 3: 왜 어떤 주제들은 게임으로 가르치기에 복잡한지 설명하고, 그래서 왜 교사가 놀이를 활용해서는 안 되는지 쓴다.

본론 문단 4: 왜 놀이 수업이 강의식 수업보다 시간이 더 걸리는지 쓰고, 그래서 왜 교사가 놀이를 활용해서는 안 되는지 쓴다.

결론: 놀이 수업을 하면 참여도가 높아지고 협동 기술을 기를 수 있지만, 모든 주제에 적합하지는 않고 강의식 수업을 할 때보다 더 시간이 많이 든다. 이러한 이유로 교사는 수업 중 언제 놀이를 사용하는 것이 적합할지 스스로 결정을 내려야 한다.

50쪽

①첫 문장	[①달콤한 후식은 중세 시대부터 존재해 왔다.]
②대주제로 전환하기	[②요즘엔 다양한 후식 중에서 선택할 수 있다. 하지만]
③대주제	[③맛있고, 구하기 쉽고, 다양한 맛으로 나오는 아이스크림이 최고의 후식이다.]

①첫 문장	[①인터넷상에는 20억 개가 넘는 웹사이트가 있다.]
②대주제로 전환하기	[②모든 웹사이트가 유익하지는 않지만,]
③대주제	[③어린이가 인터넷에 접속할 수 있도록 해야 한다. 왜냐하면 인터넷은 교육적이고, 재미있으며, 가족과 함께 즐길 수 있는 온라인 게임이 많기 때문이다.]

①첫 문장	[①어린이들은 인터넷을 사용하게 해 달라고 요구한다.]
②대주제로 전환하기	[②하지만 어린이가 원한다고 해서 모두 어린이에게 좋은 건 아니다.]
③대주제	[③어린이가 인터넷을 사용하도록 허락해서는 안 된다. 왜냐하면 화면을 집중해서 보면 건강에 좋지 않고, 인터넷에는 위험한 사이트가 있으며, 친구들과 놀면서 시간을 더 알차게 쓸 수 있기 때문이다.]

①첫 문장	[①미국 학교 중 20퍼센트만 7시 45분 이전에 수업을 시작한다.]
②대주제로 전환하기	[②많은 학교가 하루 중 일부분을 낭비하고 있다.]
③대주제	[③학교는 아침 7시에 수업을 시작해야 한다. 왜냐하면 오후에 놀 시간이 많이 생기고, 공부할 시간이 생기며, 숙제할 시간도 충분해지기 때문이다.]

53쪽

지시문	예상 첫 문장
교복의 장단점은 무엇인가?	• 사립학교 강당부터 공립학교 교실까지, 교복은 오랫동안 논란이 많은 주제였다. • 교복은 필요악인가, 아니면 학교 명예의 원천인가? • 교복은 학업 성취를 높이고 학교 폭력을 줄이는 해결책인가, 아니면 창의성과 개성을 질식시킬 뿐인가?

지시문	예상 첫 문장
왜 고등학교를 졸업해야 하는가?	• 고등학교 졸업은 청소년기가 끝나고 성년이 시작되었다는, 한 인간의 삶에서 중요한 이정표이다. • 고등학생의 10퍼센트가 고등학교를 졸업하지 못한다. 이는 바람직한 상황인가? • 고등학교를 졸업하지 못하면 어떤 일이 생길까?

지시문	예상 첫 문장
왜 대학교 때 아르바이트를 해야 하는가?	• 대학생이 되면 성인으로서 삶을 시작한다. • 2024년 대학생의 80퍼센트가 아르바이트를 할 계획이 있다고 답했다. • 대학교 때 아르바이트를 하면 무슨 이익이 있을까?

56쪽

첫 문장	10월 14일은 미국 후식의 날이다.
전환 문장	맛있는 후식을 모두 기념해야 하지만
대주제	신선한 과일이 가장 훌륭한 후식이다. 왜냐하면 영양가도 좋고, 맛있으며, 준비하기도 쉽기 때문이다.

첫 문장	후식을 뜻하는 '디저트'라는 단어가 처음 쓰였다고 알려진 것은 1600년대였다.
전환 문장	유행하는 후식이 시대에 따라 변화하기는 했지만, 요즘엔
대주제	신선한 과일이 가장 훌륭한 후식이다. 왜냐하면 영양가도 좋고, 맛있으며, 준비하기도 쉽기 때문이다.

첫 문장	미국의 학교 급식 프로그램에는 매년 17조 원 이상의 예산이 들어간다.
전환 문장	비록 엄청난 비용이 들지만,
대주제	학교는 무료 급식을 제공하여야 한다. 왜냐하면 무료 급식을 하면 학생들이 공부에 집중할 수 있고, 어려운 학생을 도울 수 있으며, 어린이 비만을 줄일 수 있기 때문이다.

59쪽

주제	학생이 교실에 휴대전화를 가져 오는 것을 허용해야 하는가?
첫 문장	오늘날 디지털 시대에 휴대전화는 일상에서 빼놓을 수 없는 부분이 되었으며, 학생이 교실에 휴대전화를 가져 오는 것을 허용해야 하냐는 문제는 논쟁적인 주제가 되었다.
전환 문장	학생들이 휴대전화를 무척 좋아하기는 하지만,

대주제	학생이 교실에 휴대전화를 가지고 오는 것을 허용해서는 안 된다. 왜냐하면 휴대전화 때문에 공부에 집중하기 어려워지고, 다른 학생들이 산만해지며, 선생님까지도 산만해지기 때문이다.

주제	학생이 교실에 휴대전화를 가져 오는 것을 허용해야 하는가?
첫 문장	청소년 중 95%가 휴대전화를 소유하고 있다.
전환 문장	청소년이 휴대전화를 잘 다루는 것을 고려해 보면,
대주제	학생이 교실에 휴대전화를 가져오는 것을 허용해야 한다. 왜냐하면 정보를 빨리 찾아볼 수 있고, 숙제 알림을 설정할 수 있으며, 교육 애플리케이션에 접속할 수 있기 때문이다.

주제	청소년이 커피를 마시도록 허용해야 하는가?
첫 문장	커피는 모든 연령의 사람들이 널리 즐겨 마시는 음료이다.
전환 문장	커피의 인기를 고려해 보면,
대주제	청소년이 커피를 마시도록 허용해야 한다. 왜냐하면 카페인은 심장병 위험을 낮추고, 각성도와 집중력을 높이며, 커피에는 몸에 좋은 항산화제가 들어있기 때문이다.

62쪽

①소주제	[①카페인은 심장병 위험을 낮춘다.]
②뒷받침 근거	[②콜로라도 대학교에서 진행된 조사에 따르면, 커피 한 잔을 마시면 심장병 위험이 5퍼센트 낮아진다고 한다.]
③주장과 연결	[③심장병 위험을 낮출 수 있기 때문에, 청소년이 커피를 마실 수 있도록 허용해야 한다.]

①소주제	[①인터넷은 매우 교육적이기 때문에 어린이가 인터넷을 사용할 수 있도록 해야 한다.]
②뒷받침 근거	[②인터넷에서는 영어나 과학 등 교과를 설명하는 비디오를 찾아볼 수 있다. 수학 문제를 연습하는 온라인 게임도 즐길 수 있다.]
③주장과 연결	[③어린이들이 이러한 교육자료를 활용하려면 인터넷에 접속할 수 있어야 한다.]

대주제	어린이가 인터넷을 사용할 수 있도록 해야 한다. 왜냐하면 인터넷은 교육적이고, 재미있으며, 인터넷에는 가족과 함께 즐길 수 있는 온라인 게임이 많기 때문이다.
주장	어린이가 인터넷을 사용할 수 있도록 해야 한다.
예상 소주제	인터넷을 사용하면 생기는 또 다른 이점은 인터넷에는 가족과 함께 즐길 수 있는 온라인 게임이 많이 있어서 함께 시간을 보낼 수 있는 재미난 방법을 제공한다는 점이다.

대주제	학생이 교실에 휴대전화를 가져올 수 있도록 해야 한다. 왜냐하면 정보를 빨리 찾아볼 수 있고, 숙제 알림을 설정할 수 있으며, 교육 애플리케이션을 사용할 수 있기 때문이다.
주장	학생이 교실에 휴대전화를 가져올 수 있도록 해야 한다.
예상 소주제	교실에서 휴대전화를 사용하면 생기는 또 다른 이점은 상호 작용 게임, 개인별 맞춤 지도, 가상 교실 등 다양한 교육 기회를 제공하는 여러 교육 애플리케이션을 사용할 수 있다는 점이다.

대주제	청소년이 커피 마시는 것을 허용해야 한다. 왜냐하면 카페인을 마시면 심혈관 질환 위험이 낮아지고, 각성도와 집중력을 높이며, 커피에는 몸에 좋은 항산화 물질이 들어 있기 때문이다.
주장	청소년이 커피를 마시는 것을 허용해야 한다.
예상 소주제	커피를 마시는 또 다른 이점은 카페인이 각성도와 집중력을 높인다는 것이다.

소주제	제2언어를 배우면 두뇌에 좋다.
근거 조사하기	①제2언어를 배우면 집행 기능 능력이 좋아질 수 있다. ②제2언어를 배우면 기억력이 좋아진다.
근거 문장	제2언어를 배우면 다른 인지능력을 통제하고 조절하는 데 관여하는 인지 과정인 집행 기능이 향상된다는 연구가 있다. 집행 기능 능력은 계획, 문제 해결, 의사결정을 포함하며, 학습과 학업 성취 등 다양한 활동에서 중요한 능력이다. 또한 제2언어를 배우면 뇌가 새로운 정보를 처리하고 저장해야 하므로 기억력과 주의력이 높아질 수 있다. 연구에 따르면 이중 언어 사용자는 하나의 언어만 사용하는 사람보다 기억력이 더 좋은 편이라고 밝혀졌다.

소주제	카페인은 건강에 유익하다.
근거 조사하기	①카페인을 적정량 마시면 심장마비 위험이 낮아진다. ②카페인은 인슐린 민감성을 향상시켜 제2형 당뇨 발병 위험을 낮출 수 있는 것으로 나타났다.
근거 문장	카페인을 적정량 섭취하면 심장마비와 뇌졸중 위험을 낮출 수 있다는 연구가 있다. 더하여, 카페인은 인슐린 민감성을 향상시켜 제2형 당뇨 발병 위험을 낮출 수 있는 것으로 나타났다.

소주제	흡연은 건강에 나쁘다.
근거 조사하기	①흡연은 심장병을 일으킨다. ②흡연은 암의 원인이다.
근거 문장	흡연은 심장마비, 뇌졸중, 말초 동맥 질환 등 심혈관 질환의 주요 원인이다. 미국 질병관리센터에 따르면, 미국에서 발생하는 심혈관 질환으로 인한 사망 중 삼 분의 일이 흡연 때문에 생겨난다. 또한 흡연은 암, 특히 폐암의 주요 원인이며, 방광암, 신장암, 췌장암 등 다른 암을 발생시킬 위험도 높다. 세계보건기구는 전체 암으로 인한 사망 중 약 삼 분의 일이 담배 사용 때문에 발생한다고 추산한다.

소주제	SNS는 정신 건강에 나쁘다.
근거 조사하기	①SNS는 중독을 일으킨다. ②SNS는 우울과 불안을 높인다.
근거 문장	SNS는 사용자에게 중독을 일으키고 우울과 불안을 높인다. 2021년 미국 매사추세츠 종합병원은 미국 성인 5400명을 대상으로 1년 동안 조사를 진행했는데, 연구 시작 전에는 한 명도 없던 우울증 환자가 1년 후 전체의 9퍼센트 수준으로 늘어난 것으로 확인되었다. 특히 10대 사용자들이 인스타그램을 이용하면서 우울과 불안 같은 감정을 자주 느낀다고 밝혔다.

71쪽

주장	학교에서는 교복을 입어야 한다.
소주제	교복을 입으면 동질감이 생긴다.
근거 문장	학생이 교복을 입으면 외모에 대한 경쟁심이 줄어든다. 학생은 옷이 아니라 그들의 성격 덕분에 빛날 수 있다.
주장과 연결	학생이 느끼는 동질감은 중요하므로, 학교에서는 의무적으로 교복을 입어야 한다.

주장	대중교통을 무료로 운행해야 한다.
소주제	대중교통을 무료로 운행한다면 길에 다니는 차를 줄일 수 있을 것이다.
근거 문장	지구 온난화는 심각한 문제이다. 만약 대중교통을 무료로 운행한다면 더 많은 사람이 이용할 것이고, 거리에서 차가 없어질 것이다. 기차 한 대가 운행하면 차량 2,000대를 줄일 수 있다.
주장과 연결	차 사용을 줄이면 지구 기후에 직접적으로 도움이 된다. 이것이 대중교통을 무료로 운행해야 하는 중요한 이유이다.

74쪽

①소주제	[①커피에는 부정적인 효과가 있다.]
②뒷받침 근거	[②특히, 카페인은 각성제이기 때문에 불면증을 일으킬 수 있다.]
③반증	[③하지만 3시 이전에 커피를 마시면 쉽게 이런 문제를 피할 수 있다.]
④주장과 연결	[④따라서, 불면증이 생길 수 있다고 청소년들이 커피를 마시지 못하게 해서는 안 된다.]

①소주제	[①인터넷에는 위험한 사이트가 많다.]
②뒷받침 근거	[②뉴스에서는 문제가 되는 사이트와 위험성을 다루는 기사가 나오기도 한다.]
③반증	[③하지만 실제 세상도 위험하기는 마찬가지다. 어린이의 인터넷 사용을 금지하기보다는 우리는 그들이 어느 세상에서나 안전하게 살아갈 방법을 가르쳐 주어야 한다.]
④주장과 연결	[④인터넷의 위험성은 어린이의 인터넷 사용을 금지할 근거가 되지 못한다.]

77쪽

주장	학교에서는 교복을 입어야 한다.
반론 문단의 소주제	교복을 사면 가족이 부담하는 추가 비용이 생긴다.
소주제를 뒷받침하는 근거	교복은 한 벌에 20만 원 정도이다. 게다가 여전히 평상복도 함께 사야 한다.
반증 문장	하지만 일주일에 5일씩 교복을 입는다면 평상복은 훨씬 덜 필요하다. 따라서 전체적인 의류비가 줄어든다.

미국 영재들의 글쓰기 비법

주장	대중교통을 무료로 운행해야 한다.
반론 문단의 소주제	대중교통을 무료로 제공하려면 비용이 엄청나게 늘어난다.
소주제를 뒷받침하는 근거	정부는 버스를 확충하고 기사에게 월급을 더 주어야 한다.
반증 문장	하지만 도로 혼잡이 줄어들어 새 고속도로나 넓은 교량처럼 값비싼 기반 시설에 대한 요구가 줄어들기 때문에 정부는 비용을 아낄 수 있게 된다.

주장	10대에게 SNS 사용을 금지해야 한다.
반론 문단의 소주제	SNS는 사람들을 더 쉽게 연결되게 한다.
소주제를 뒷받침하는 근거	SNS를 이용해 친구들끼리 더 쉽고 간편하게 연락하고 만날 약속을 잡을 수 있다.
반증 문장	하지만 페이스북, 인스타그램 같은 서비스가 등장하면서 10대들은 서로 외모와 인기를 비교하고 자기 존중감을 잃게 되었다.

80쪽

지구상에 300미터가 넘는 건물이 100채 이상 있다. 하지만 가장 높은 건물은 부르즈 할리파이다. 부르즈 할리파가 놀라운 건물인 이유가 몇 가지 있다.

먼저, 건물 높이는 830미터로, 거의 1킬로미터나 된다! 얼마나 높은지 상상할 수 있겠는가?

두 번째로, 부르즈 할리파를 건설하는 데 15억 달러가 들었다. 부르즈 할리파는 2004년에 공사를 시작해서 2009년에 완공했다.

부르즈 할리파 건물은 두바이에 있다. 비록 두바이를 나라라고 생각하는 사람이 많지만, 두바이는 나라가 아니다. 사실 두바이는 아랍 에미리트 연합국의 7개 에미리트 중 하나다.

게다가 건물 이름도 흥미롭다. 부르즈는 아랍어로 탑이라는 뜻이다. 할리파는 건축 당시 아랍 에미리트 대통령의 이름이었다.

부르즈 할리파는 여러 상을 받았다. 가장 높은 레스토랑과 가장 높은 수영장 기록도 경신했다. 게다가 세상에서 가장 높은 전망대도 있다.

요약하자면, 부르즈 할리파는 정말 멋진 건물이다!

81쪽

왜냐하면 날씨가 나빴기 때문에, 제니는 우산을 챙겨왔다.
1. 왜냐하면   2. 게다가   3. 단지

결론적으로 이것이 점심시간이 길어져야 하는 이유다.
1. 왜냐하면   2. 결론적으로   3. 자주

탐라는 미술을 좋아한다. 하지만 탐라가 가장 좋아하는 과목은 수학이다.
1. 먼저   2. 비록   3. 하지만

주방도 청소하고, 숙제도 하고, 방도 정리했다. 그러므로 엄마는 내가 친구와 놀아도 된다고 허락해 주실 것
이다.
1. 단지   2.그러므로   3. 하지만

83쪽

대주제	학생이 교실에 휴대전화를 가지고 오도록 허용해서는 안 된다. 왜냐하면 휴대전화 때문에 공부에 집중하기 어려워지고, 다른 학생들이 산만해지며, 선생님까지도 산만해지기 때문이다.
내가 선택한 이유	휴대전화는 학생이 공부에 집중하기 어렵게 만든다.
소주제	휴대전화를 교실에서 금지해야 하는 가장 중요한 이유는 휴대전화를 가져오면 학생들이 공부에 집중하기가 어려워지기 때문이다.
근거 조사하기	학교에서 휴대전화를 사용한 학생들은 성적이 낮았다.
근거/반증 문장	최근 조사에서 수업 중 학업이 아닌 다른 목적으로 휴대전화를 사용한 학생들은 휴대전화를 사용하지 않은 학생에 비해 낮은 성적을 받은 것으로 나타났다.
주장과 연결	이는 수업 중 휴대전화를 사용하는 것이 해롭다는 분명한 증거이다. 따라서, 학생이 교실에 휴대전화를 가져오도록 허용해서는 안 된다.

대주제	비록 청소년들이 흡연을 멋지다고 생각하지만, 흡연은 중독적이고, 건강을 해치며, 비용이 많이 들기 때문에 금지해야 한다.
내가 선택한 이유	흡연을 하면 비용이 많이 든다.
소주제	흡연에 반대하는 가장 단순한 이유는 비용이 많이 든다는 것이다.
근거 조사하기	의료비뿐 아니라 재정적인 비용도 많이 든다.

미국 영재들의 글쓰기 비법

근거/반증 문장	미국 질병관리센터가 수집한 자료에 따르면, 2020년 미국에서 판매하는 담배 한 갑의 평균 비용은 6.92달러였다. 매일 하루에 한 갑씩 담배를 핀다면, 한 달에 250달러, 일 년에 3,000달러의 비용이 발생한다는 뜻이다. 담배 가격뿐 아니라 흡연 때문에 생기는 다른 질병을 치료하는 데 드는 비용과 흡연을 위해 자리를 비울 때 업무 수행력과 생산성이 낮아지면서 생기는 손해 등 흡연은 다른 비용도 초래한다. 전반적으로, 흡연은 막대한 비용이 들며 개인 경제 상황에 큰 악영향을 미칠 수 있다.
주장과 연결	이런 큰 비용은 흡연을 금지해야 하는 또 다른 이유이다.

87쪽

글의 대주제	다시 쓴 대주제
학생이 교실에 휴대전화를 가지고 오도록 허용해서는 안 된다. 왜냐하면 휴대전화 때문에 공부에 집중하기 어려워지고, 다른 학생들이 산만해지며, 선생님까지도 산만해지기 때문이다.	결론적으로 휴대전화는 학생이 공부하는 것을 방해하고, 다른 학생들을 산만하게 만들며, 선생님까지도 산만하게 만들기 때문에, 학생들이 휴대전화를 교실에 가져오도록 허용해서는 안 된다.
신선한 과일은 최고의 후식이다. 왜냐하면 영양소가 많고, 맛있으며, 준비하기도 쉽기 때문이다.	요약하자면 과일은 영양가가 좋고, 맛있으며, 준비하기도 쉽다. 이러한 이유로, 신선한 과일이 가장 훌륭한 후식이다.
동물원 운영을 금지해야 한다. 왜냐하면 동물은 자기 영역이 필요하고, 다른 동물에게서 병이 전염될 수 있으며, 외로움을 탈 수도 있기 때문이다.	따라서 동물원은 동물의 신체적 정신적 건강을 해친다. 이러한 이유로 동물원 운영을 금지해야 한다.

90쪽

대주제	청소년이 커피를 마실 수 있도록 허용해야 한다. 왜냐하면 카페인은 심장병 위험을 낮추고, 각성도와 집중력을 높이며, 커피에는 건강에 좋은 항산화 물질이 들어 있기 때문이다.
마무리	청소년들은 여러 제약 속에서 살아간다. 커피를 마시는 것 정도는 허용해 줘도 되지 않을까?

대주제	학생은 학교에서 제2언어를 배워야 한다. 왜냐하면 그래야 취직에 성공할 확률이 높아지고, 두뇌에 유익하며, 학생들이 다른 문화를 이해하도록 돕기 때문이다.
마무리	당신의 생각은 어떤가? 제2언어를 배워 보고 싶은가?

대주제	맛 좋은 후식이 수없이 많지만, 신선한 과일이 가장 훌륭한 후식이다. 왜냐하면 영양가가 좋고, 맛있으며, 준비하기도 쉽기 때문이다.
마무리	이 모든 장점을 고려했을 때, 과일을 먹어보기를 바란다!

95쪽

지시문	예상 제목
학생이 교실에서 휴대전화를 사용하도록 허용해야 하는가?	• 교실 내 학생의 휴대전화 사용 • 교실 내 학생의 휴대전화 사용, 괜찮은가? • 학생의 휴대전화 사용이 금지되어야 하는 이유
가장 좋은 아침 식사는 무엇인가?	• 가장 훌륭한 아침 식사에 대한 명쾌한 답 • 가장 좋은 아침 식사는 무엇인가? • 최고의 아침 식사란 없다
동물원 운영을 금지해야 하는가?	• 왜 동물원 운영을 금지해야 하는가? • 동물원 운영 금지에 대한 논쟁 • 동물원 운영을 금지해야 하는 이유
부모 세대가 겪었던 어려움과 구분되는 요즘 청소년이 겪는 어려움은 무엇인가?	• 청소년이 겪는 어려움 • 오늘날 청소년이 겪는 어려움 • 오늘날 청소년이 겪는 또 다른 어려움